Werner Voigt
Kindheit in Halberstadt

Dies ist ein autobiografischer Bericht, der sich wie ein Roman liest, der zudem ein Stück Nachkriegsgeschichte spiegelt.

Halberstadt, der Burchardianger, das Ufer der Holtemme... Hier erträumt sich Werner eine andere Welt, wird Zeuge des Bombardements vom 8. April 1945, erlebt, wie der aus der Kriegsgefangenschaft heimgekehrte Vater stirbt.

Dann wagen die Großeltern einen Versuch: vertrauen Werner einem Kinderheim an - der Ort, wo der Junge teilhat an einer prägenden Gemeinschaft und die Chance erhält, etwas aus sich zu machen - Jahre eines Werdegangs, auf die der Autor keinesfalls verklärt, doch mit Verwunderung und Dankbarkeit zurückblickt.

Werner Voigt, geb. 1938 in Halberstadt; Arbeiterkind, ab März 1948 im Kinderheim Vor der Klus 1. - Abitur 1956, zwei Jahre NVA, Lehrerstudium in Potsdam (Germanistik/Geschichte). Erste Schreibversuche (Lyrik). Ab 1962 Lehrer in Falkenberg/Elster bzw. Weimar. Ab 1969 Journalist bei der Tageszeitung DAS VOLK, ab 1990 bei Unsere Neue Zeitung (UNZ), ab 1991 Redakteur beim Landesdienst Thüringen des ADN. 1992 arbeitslos. Tätigkeit in kulturellen Projekten (ABM).

Lyrik in Zeitschriften und Anthologien, Feuilletons, Text der Chansonkantate "Das ist unser Jahr" (Uraufführung 1970 im DNT Weimar), "Chronik des Hauses Dacheröden in Erfurt" (1998); "Walther Victor - ein Weg nach Weimar" (1998) .

Werner Voigt

Kindheit in Halberstadt

Erinnerungen 1938 - 1956

Edition D.B. - Erfurt

Satz & Umschlag-Gestaltung
Sabine Beck
(e-Mail: sab.beck@gmx.de)

Fotos: Archiv Werner Voigt

Edition D.B. - Erfurt

Herstellung: sdz Dresden
ISBN 3-936662-11-8

Inhalt

Ein notwendiges Vorwort

Jegliche Geschichte besteht aus Tausenden und Millionen von Erlebnissen unterschiedlicher Menschen, aus ihrem Handeln, Denken, Fühlen, Träumen ...

Hier lesen Sie von einem kleinen Abschnitt der Geschichte Halberstadts, dem zwischen 1938 und 1956, einer Zeit zwischen tiefster Verwundung und hoffnungsvollem gesellschaftlichem Neubeginn. Meine Erinnerungen sind Mosaiksteinchen eines größeren Geschehens, das selbstverständlich jeder, der diese Zeit miterlebt hat, etwas anders in Erinnerung bewahrt, eben aus seinem persönlichen Blickwinkel.

Ich beanspruche nicht, "umfassend" Wahrheiten zu dokumentieren; ich blicke nur verwundert, auch dankbar auf Erlebtes zurück. Jedes der Kinder, die einmal in der Villa Vor der Klus 1 gelebt haben, könnte vermutlich ein eigenes Buch darüber schreiben, und das wäre logischerweise jeweils wohl ein gänzlich anderes Buch als dieses hier. - Ich hoffe, mein Buch ist nicht das letzte zum Thema Vor der Klus 1 und Halberstadt.

Als Autor danke ich allen ehemaligen "Klusern", die mir Mut zugesprochen, mir mit Fotos und Hinweisen geholfen haben, die dokumentarische Seite der Publikation zu gestalten. Vor allem aber verstehe ich mein Buch als einen ganz persönlichen Dank an eine unvergessene, ungewöhnliche Mutter und Pädagogin von Halberstadt - an "Mutti Ruth" Loose. Sie lebte von 1913 bis 1981. Sie lebt in vielen Herzen fort.

W.V.

1938-1948

Im Jahr, als Otto Hahn ...

Im selben Jahr, als den Physikern Otto Hahn, Lise Meitner und Fritz Straßmann erstmals die Kernspaltung des Elements Uran unter Laborbedingungen gelang, dem Jahr, als in Deutschland Nazi jüdische Gotteshäuser anzündeten und plünderten, als ein beispielloser Pogrom begann und Bertolt Brecht im Exil "Mutter Courage und ihre Kinder" schrieb, kam ich "auf die Erde voller kaltem Wind": 1938. Als drittes Kind der Hausfrau Herta Voigt und des Metallarbeiters Alwin Voigt, der - dank der "Arbeitsbeschaffungsmaßnahmen" des größten Verführers aller Zeiten - einen Arbeitsplatz in einem Halberstädter Betrieb der Dessauer Junkers-Flugzeugwerke gefunden hatte.

Lag es in der Mode der Zeit oder war's meinen Eltern nachdrücklich angeraten worden, mir einen urgermanischen Vornamen anzuverleiben? Sie nannten mich Werner, den "Wehrhaften" und dem Heer Verpflichteten. Wozu ich natürlich nicht befragt worden war; Kennzeichen des Daseins werden uns ja meist, ehe wir überhaupt in der Lage sind, eine Meinung zu haben, wie Muttermale mit auf den Weg gegeben.

Dass ich in einer evangelischen Kirche getauft worden war, sagte man mir erst Jahre später, als ich in den evangelischen Kindergarten gehen durfte, den in der Gröperstraße nahe dem Moritzplan.

Aufgewachsen bin ich im Haus Am Burchardianger 4, nahe der Sternstraße, die in nordwestlicher Richtung stadtauswärts nach Braunschweig führt. Das Grundstück lag abseits, still und umgeben von vielen Gärten, die zumeist an die aus dem Oberharz kommende Holtemme, ein Flüsschen, grenzten.

In unserer Mansardenwohnung befand ich mich oft allein, obgleich ich zwei ältere Geschwister hatte: Heinz, mir vier Jahre voraus, wohnte bei Oma Anna am Breiten Weg 2, der Hauptgeschäftsstraße im Zentrum, und Inge, ein Jahr älter als ich, wohnte bei Tante Ida in Zeitz, also weit, sehr weit weg. Ich vermisste sie nicht, denn von ihrer Existenz erfuhr ich erst nach und nach.

Meist spielte ich allein, formierte mit Dutzenden von Hemd- und Hosenknöpfen auf den Dielen des Wohnzimmers Kolonnen und Marschblöcke. Es war ja Krieg und Kriegsspielzeug stand allgemein hoch in der Gunst. Kaufen konnten meine Eltern im übrigen nur wenig, da sie jede Ausgabe genau abwägen mussten.

Wenn mein Vater seinen Wochenlohn bei Junkers erhalten hatte, gab er meiner Mutter für den Haushalt etwa dreißig Reichsmark. Die verschwanden im Küchenschrank, wo ich, selbst wenn ich gewollt hätte, nicht hingekommen wäre. Ich war zufrieden mit den paar Pfennigen, die ich hin und wieder erhielt, damit ich mir im Milchladen an der Braunschweiger Straße, jenseits des Burchardiangers, eine Stange Lakritze kaufen konnte. Wie die schmeckte!

Vater sah ich selten und meist nur kurz. Stand ich auf, war er schon zur Arbeit, kam er nach Hause, musste ich bald ins Bett. Am Wochenende aber, wenn er sich über einer Schüssel im Waschständer und unter Zuhilfenahme eines Hohlspiegels sorgfältig rasiert hatte, da nahm er mich manchmal auf die Knie und spielte mit mir "Hoppe, hoppe, Reiter, wenn er fällt, dann schreit er..." Das gefiel mir ungemein und wurde auch von meiner Mutter wie ein Stimmungsbarometer empfunden - Motto: heute woll'n wir uns den Sonntag mal schön machen!

Laut gestritten oder randaliert wurde bei uns nie. Allerdings spürte ich wie wohl viele Kinder, die erst vier oder fünf Jahre alt sind, wenn dicke Luft war, und hatte überhaupt für Untertöne ein gutes Gehör, horchte zum Beispiel auf, wenn sich die Stimme meines Vaters schroff veränderte, ohne dass ich den Grund dafür mitbekam.

Dann nahm meine Mutter Zuflucht zum - Singen. Sie sang irgendeine Operetten- oder Schlagermelodie vor sich hin, wahrscheinlich, um ihren aufsteigenden Unmut oder Zorn niederzuhalten.

Merkwürdig, aus welchen Gründen ein Mensch zu singen vermag. Möglich, dass eine Freundin meiner Mutter zu dieser List geraten hatte, auf diese Weise kleine Ehestreitigkeiten in versöhnliches Fahrwasser zu geleiten. Mir jedenfalls blieb nur, mich zu wundern.

Geredet wurde sehr wenig bei uns Am Burchardianger 4. Zudem konnte es gefährlich sein in jener Zeit, zu viel zu reden.

"Feind hört mit!" So die Parole, die ich nicht verstand. Ein Feind? Ich sah keinen.

Selbstverständlich verringerte auch die Abwesenheit meiner Geschwister die Anstöße zum Reden, und schließlich war meine Mutter als Ziehkind Wilke von Anna Zimmermann, ihrer Pflegemutter, schon früh zu Bescheidenheit und Zurückhaltung erzogen worden.

Wie sehr all das einen Charakter formt, wird man oft erst viel später an sich selber gewahr. So neigte ich dazu, Erlebnisse und dergleichen mehrfach hin- und her zu wenden und umzumodeln, ehe ich mich entschloss, darüber zu reden. Der innere Monolog übertraf um ein Vielfaches die hörbare Äußerung.

Ich spielte als Kind in der Wohnung mit Bauklötzen, baute auf und riss ein. Oder setzte Dominosteine mit Heinz, dem vier Jahre älteren Bruder, wenn wir ihn am Breiten Weg 2 besuchten. - Langweilig, so oft allein zu sein.

Viel schöner dagegen - die Spiele draußen: vor dem Haus auf dem unbefestigten Weg zur Sternstraße oder im tiefen Chausseegraben mit seinen breiten Quer-Unterführungen, die als Hochwasserabflüsse zum großen Anger hin angelegt worden waren. Oder gar barfuss in der Holtemme, die an der Sternstraßenbrücke nur flaches Wasser führte und wo Pferde zur Tränke geleitet wurden.

In der Holtemme zu waten, war mir verboten worden, aber mit einem Freund aus dem Hause Burchardianger 4 habe ich's dennoch gewagt. Der konnte zudem flache Steinchen herrlich weit über die Wasseroberfläche hüpfen lassen. Gemeinsam versuchten wir auch, mit Konservengläsern Kaulquappen und kleine Fische zu fangen.

Die seligsten Augenblicke aber erlebte ich auf der riesigen Wiese des großen Burchardiangers. Dort lag ich im hohen Gras und staunte, wie die Welt aussieht, wenn man vorsichtig durch die Wimpern gegen die Sonne blinzelt. Diese Pracht an Regenbogenfarben!

Manchmal träumte ich mich auf einen Stern, ganz weit in den Himmelsraum hinein, und vergaß die Welt. Bis es plötzlich kribbelte. Ein Käfer. Ihn beobachtend, stellte ich mir vor, ich sei für ihn ein Ungeheuer, vor dem man besser flieht, und so spielte ich für den Käfer das unausweichliche Schicksal, das ihm den Weg verwehrt, ihn narrt und ärgert.

Können Tiere sich ärgern? Das vermochte mir niemand zu sagen. Immerhin belehrte man mich auf Spaziergängen mit dem Spruch: "Quäle nie ein Tier zum Scherz, denn es fühlt wie du den Schmerz!" Tiere - und seien es Käfer - zu töten, dazu verspürte ich keinerlei Lust, wenngleich ringsum in Europa millionenfach - und oftmals wohl auch lustvoll - getötet wurde. Im übrigen schien alles, was damit zusammenhing, weit weg für mich, weiter als der fernste Stern, zumal man es unter Erwachsenen vermied, vor Kinderohren über so grausame Tatsachen wie Krieg und Tod zu reden.

Die Welt war eine heile Welt, zumindest für mich. Bestärkt wurde ich in dieser Empfindung besonders durch den Zirkus, der auf den Wiesen des Burchardiangers im Sommer oder im Herbst regelmäßig Gastspiele gab. Dann strömten Tausende in das Zuschauerzelt von Busch, Renz und anderen großen Namen der Zirkuswelt, und der Geruch von Tierkörpern und Streu zog uns Kinder schon vor der ersten Vorstellung verführerisch an. Jeder Handgriff der Zeltaufsteller wurde beobachtet, jeder Wohnwagen der Zirkusleute umschlichen...

Nach den Vorstellungen gab es übrigens noch ein besonderes Abenteuer für uns: die Suche nach verlorenen Groschen. Schuchardts Sohn, seine Familie wohnte bei uns im Erdgeschoss, hatte nämlich herausgefunden, dass die Leute, meist im dichten Gedrängel und Gerangel auf den Traversen, manche Münze verlieren, Kleingeld, das zwischen den Planken hindurchfällt, metertief in Gras und Mulm. Danach stöberten wir gezielt. Nicht erst nach der endgültig letzten Vorstellung, sondern schon zwischen Vormittags- und Nachmittagsveranstaltungen. Jeder Groschen verhieß Lakritzestangen oder ein Eis oder Bonbons. Wie ausgefuchste Kundschafter schlichen wir durch eine ausgespähte, kaum einsehbare Lücke der Wohnwagenburg, schlichen zum Großzelt und verschwanden wie Wiesel unter dem kunstvoll verhakelten Brettergerüst der riesigen Zuschauerarena. Unbemerkt. - Oder wollte man es uns nur glauben lassen?

"Der liebe Gott sieht alles!" Diese mahnenden Worte hatte man Schuchardts Sohn, mir und anderen tief in die Seele gepflanzt, wo sie fest verwurzelt waren. Doch galt es nicht auch, verloren gegangenes wieder einfließen zu lassen in den Lauf der Welt und all ihrer Güter?

Gewissensbisse jedenfalls verspürte ich nicht, und abends im Bett faltete ich die Hände, wie ich es im Kindergarten gelernt hatte, und sprach zur Schlafzimmerdecke: "Lieber Gott, mach mich fromm, dass ich in den Himmel komm'!"

Was meine Mutter sichtlich beruhigte, hörte sie doch, wie folgsam und gottesfürchtig ihr kleiner Werner war.

Über den Anger hinaus

Meine frühesten Eindrücke, die über den Burchardianger hinaus führten, entstammen nahezu allesamt familiären Sonntagsausflügen oder Spaziergängen. Entweder war mit den Großeltern vereinbart, zum Kaffee in Opas Schrebergarten, gelegen an der Bahnstrecke nach Wegeleben, zu spazieren - mir kam dieser Weg vom Hauptbahnhof, vorbei an den Heineschen Fleischwerken, immer entsetzlich lang vor -, oder man traf sich in der Stadt, um gemeinsam zur Gaststätte am Bullerberg zu wandern, oder es hieß: Auf in die Spiegelsberge zur Jahnwiese!

Das bedeutete für meine Mutter kostengünstige Naherholung. Das Sagen hatten die Großeltern, und mich schmerzte nicht einmal der Umstand, dass mein Vater in diesem Kreise fehlte. Er wurde eines Tages, das muss so 1943 gewesen sein, als Soldat benötigt. Da war er schon 50. Ich vermisste ihn nicht, wirklich nicht. Zuhause war es noch ruhiger geworden. Dafür kümmerten sich die Frauen und Opa Albert um mich umso mehr.

Gartensonntag. In der üppig vom Grün überwucherten Gartenlaube wurde nach ein paar Pflegearbeiten an Beeten und Sträuchern der mitgebrachte Kuchen aufgetischt und geschmaust. Malzkaffee für den Jungen.

Wie geht es Tante Ida? Habt ihr mal Post bekommen? Der Werner müsste mehr essen, da würde er auch besser wachsen. Der muss doch bald in die Schule! Wie will der bloß die Zuckertüte halten?

Nachrichtenbörse der Familie. Über Politisches wurde nicht gesprochen. Nicht vor Kinderohren.

So traf sich also der "Clan". Was ich damals, 1943, nicht wusste, soll hier aber zum besseren Verständnis eingestreut werden:

Opa Albert Zimmermann, Patriarch der Runde, 1872 geboren, fand früh zur Sozialdemokratie und heiratete 1900 Anna, eine wahrhaft bildhübsche Dreiundzwanzigjährige. Irgendwann begründeten sie, als Familienbetrieb, eine private Maschinenstrickerei. Die Ehe blieb kinderlos. So entschlossen sie sich, ein Pflegekind aus dem Thüringischen anzunehmen, und das war die kleine Herta, 1908 geboren, meine spätere Mutter. Ziehmutter Anna war streng. Ohne Strenge kommt man zu nichts im Leben. Hinzu kam, dass Herta in der Schule wohl kein Glanzlicht war. Singen und Religion reichten für ein Mädchen ihrer Herkunft eigentlich aus, dazu Hand- und Nadelarbeit. Der Frauen Bestimmung ist es: warten auf den Mann, der sie heiratet. Heiraten möchte oder heiraten muss. Und dieser kam, Anfang der dreißiger Jahre. 1933 heirateten Herta und Alwin.

Fast immer mit in der Gartenrunde saß Bruder Heinz, der mir Rechentricks beibrachte, die er auf der Dom- und Ratsschule am Johannesbrunnen gelernt hatte. Ferner dabei: Tante Hedwig, eine zwanzig Jahre jüngere Schwester von Anna, und Hedwigs Mann, Hermann Oertelt. Die beiden waren mit dem Bus aus der Sargstedter Siedlung gekommen. Manchmal brachten sie auch Hedwigs unehelichen Sohn Alfred mit, der in den Junkerswerken gerade einen Metallberuf erlernt hatte. Ihm war schon früh ein Lungenflügel herausoperiert worden, als Folge einer Tuberkulose.

Die Gartenlaube von Opa Albert hieße man heutzutage eine Bruchbude. Eigentlich war es kaum mehr als ein größerer Geräteschuppen; doch die sorgsam gesetzte Pergola davor, mit dichtem Weinlaub, das reichlich Schatten spendete, bildete den Mittelpunkt der sonntäglichen Kaffeetischplaudereien.

Opa Alberts Stolz waren die nach seinem Willen ausgerichteten Birnen- und Apfelbaumäste, die sich an einem Holzstäbegerüst wachsend zu orientieren hatten. Spalierobst.

Was worauf zu okulieren gehe, versuchte er mir begreiflich zu machen. Vergeblich. Ich nickte nur.

Omas und Opas Schrebergarten fiel nach 1945, wie viele andere Gärten, einer Erweiterung des Reichsbahngeländes zum Opfer.

Andere Sonntage führten denselben Personenkreis auf einem Weg zur Gaststätte Bullerberg zusammen. Hierher strömten viele Familien mit kleineren Kindern. Im Freien standen, exakt geometrisch geordnet, von Sträuchern und Blumenrabatten eingefasst, zahlreiche Gartentische, an denen buntgekleidete Ausflügler Kaffee und Brause tranken oder Eis schleckten. Ich mochte bunte Brause.

Oma Anna und Tante Hedwig brachten stets selbst gebackenen Kuchen mit. Mitunter hatte auch meine Mutter Kuchen dabei. Selbst bei den Getränken gab's "Selbstversorger". Das sahen die Kellner und Kellnerinnen allerdings mit Missbehagen, wenngleich mit Duldung.

Am Bullerberg zerstreute sich das weniger bemittelte Volk von Halberstadt, überwiegend das aus der sogenannten "Unterstadt".

Die Unterstadt, das Gebiet zwischen Domplatz und Holtemme, der nördliche, geschichtlich älteste Teil von Halberstadt, gehörte überwiegend Handwerkern, kleinen Händlern, Gewerbetreibenden, der Stadtarmut und Besitzlosen. Sie wohnten zumeist in der ältesten Bausubstanz. Sie alle strebten raus zum Rande der Stadt, in die beliebten Freiluftkonzerte, dorthin, wo ihre Kinder sich austollen oder die in Volieren gehaltenen Vögel bewundern konnten, und wo einem gelegentlich sogar Pfauen mal über den Weg liefen. Das Wort Naherholung war noch nicht erfunden. Doch vielleicht trieb die Leute auch die Hoffnung hierher, drohendem Unheil von jenseits der deutschen Grenzen zeitweilig entfliehen zu können.

Männer sah man wenige. Die Männer waren "im Felde". Panem et circenses. Brot und Spiele, das hielt die Leute am ehesten noch bei einiger Laune.

Zur Schuleinführung im April 1944, da war ich noch nicht mal sechs Jahre, doch für lerntauglich befunden worden, trafen ein paar nagelneue Kinderschuhe aus Dänemark ein: vom Vater, hieß es, von der Front.

Bei Einbruch der Dunkelheit war strengstens die Verdunkelung von Fenstern vorzunehmen und einzuhalten. Alle Rollos herunter! Wer keine besaß, hatte sich diese zu kaufen oder Wolldecken an die Fensterrahmen zu heften. Wenn schon "der Feind" eindringen würde ins Reich, so sollte er wenigstens die Städte und Wohnstätten nicht finden.

Noch verlief das Leben in der Stadt normal. Ostern 1944 durfte ich das marineblaue Hemd mit dem schmucken Matrosenkragen anziehen, fortan eine abgewetzte Schultasche mit Schiefertafel, Schwamm und Schiefergriffel mein eigen nennen: Erster Schultag für Werner.

Ich trug eine Zuckertüte, die reichlich halb so hoch war wie ich selbst. Die untere Hälfte der Zuckertüte hatte man mit Papier ausgestopft, damals allgemeiner Brauch. Darüber Süßigkeiten, Gebäck, Malstifte, Papierchen. Na ja. Und eben die Schuhe aus Dänemark!

Spannend fand ich den Weg zur Schule. Wenn ich meinen Trotzkopf hatte durchsetzen wollen, war mir manchmal mit der Schule gedroht worden. Man zitierte sie gewissermaßen als ein letztes Hilfsmittel: Dort gibt's den Rohrstock! Davor hatte ich keine Angst.

Streit mit meinen Geschwistern kannte ich nicht. Sie gelegentlich zu sehen, war eine eher seltene sonntägliche Annäherung. Einmal fuhren wir sogar, zur Schuleinführung, zu meiner Schwester Inge nach Zeitz. Dort wuchs sie - seit wann, sagte mir niemand - in der Obhut der Tante Ida Sandner, einer der weiteren Schwestern der Anna Zimmermann, auf.

Rückblickend sieht die Verteilung der Kinder meiner Mutter wohl recht seltsam aus. Aber hatte sie nicht auch Gutes? Zum Beispiel, dass sich die Geschwister nicht gegenseitig in die Wolle gerieten? Dass Alwin und Herta mit ihren paar Reichsmark und Reichspfennigen besser zurechtkamen? Dass die Wohnung, die einstmals noch ausreichend schien, nicht zu eng wurde? Unwahrscheinlich jedenfalls, dass wir drei Geschwister uns besser entwickelt hätten, wenn wir nicht "aufgeteilt", sondern beieinander geblieben wären.

Über all das zerbrach ich mir nicht den Kopf, im Gegenteil, ich nahm es als völlig normal hin, denn keinen der Erwachsenen hörte ich sich beschweren über den Zustand der Welt oder der Familien.

Manchmal ging es sonntags per Straßenbahn in den Süden, in die Spiegelsberge. Wir stiegen in der Westerhäuser Landstraße am sogenannten "Schafstall", einem kleinen Wärterhäuschen, aus und wanderten entweder rechter Hand zum Spiegelsbergenschlösschen oder geradeaus Richtung Thekenberge.

Tante Hedwig bereiteten die Schuhe fast immer Ärger, so dass man sich auf die kürzeren und weniger ansteigenden Wege einigte. Beliebt war die längere Rast auf dem großen Rasen der Jahnwiese unterhalb des mächtigen Bismarck-Turmes. Kein Höhenzug, keine größere Erhebung in der Landschaft ohne einen Bismarck-Turm!

Die Liegewiese diente dem Sonnenbaden, dem Ballspiel, dem Rasten und Picknicken... Ich mochte diese Gegend mit ihrer lockeren, fröhlichen Menge unter einem hohen Himmel. Die engen Straßen und Gassen Halberstadts, empfand ich, hatten etwas Geducktes, litten an

Enge und Märchen-Unheimlichkeit. Auf der Jahnwiese schien der Himmel so weit und so blau wie nirgends. Manchmal kreiste ein Segelflugzeug am Himmel und erinnerte daran, dass ja nicht weit von hier, hinter den Klusbergen, ein Militärflugplatz der Junkers-Werke lag. Noch verdrängte man Gedanken daran, dieser könnte eines Tages ein Angriffsziel "feindlicher" Bomber werden. Oder verheimlichte man es nur meinen Ohren?

Merkwürdig, dass immer mal wieder auf dem Wanderweg ein Schild zu lesen war, das darauf hinwies, ein Weitergehen sei bei Strafe verboten. Man wäre - das erfuhr ich erst Jahre später - in das hermetisch abgeriegelte Gebiet des KZ bei Langenstein-Zwieberge gelangt, ein Außenlager von Buchenwald.

Wer von den Tausenden auf der Jahnwiese hat davon gewusst? War wirklich allen Halberstädtern nicht bekannt, dass beim fieberhaften Stollenbau in den Thekenbergen - hierher sollte ein Teil der Rüstungsproduktion der Junkerswerke verlagert werden - Hunderte Häftlinge zu Tode geschunden wurden? Ausgepeitscht, ausgehungert, vernichtet durch Arbeit für die Vernichtung.

Auf den Spaziergängen hörte ich kein einziges Wort davon. Ich glaube, meine Anverwandten wussten - gleich den meisten Halberstädtern - wirklich nicht Bescheid. Möglich, dass sie angesichts des streng einzuhaltenden Weges mit den Warnschildern etwas geahnt haben, das zu Ende zu denken sie nicht wagten.

Aus solchem Stoff waren die Sonntage: Jahnwiese, Gaststätte "Bullerberg" und Opas Kleingarten am Reichsbahngelände. Der sonstige Alltag hieß Hans-Schemm-Schule.

Mein erstes Schuljahr

Zwischen dem August-Heine-Weg und der Promenade zum Torteich stand ein langer kasernenartiger Neubau, meine "Volksschule". Sie trug den Namen "Hans Schemm" (eines Nazi, wie ich später erfuhr).

Bevor ich erstmals mit Schiefertafel, Schreibgriffel und Schwamm, Heften und Holzfederkasten losschlenderte, hatte mir meine Mutter den Schulweg genau festgelegt: über die Holtemmenbrücke ein Stück die Sternstraße vor, hinter der Gärtnerei links in den Mühlengraben, diesen bis zur Hälfte vor, dann rechts rein in den August-Heine-Weg und schließlich links herum zur Promenade. Die Strecke hatten wir mehrmals abspaziert. Für mich etwa eine halbe Stunde.

In unserer Klasse 1a hing eine sehr alte Dame an der Wand: Ricarda Huch. Die Zahl der Mitschüler meiner Klasse schien mir ziemlich groß, der Lehrer uralt. Aber Angst hatten fast alle, denn vorn, in einer der Ecken gut sichtbar, stand ein Rohrstock. Ich war viel zu schüchtern, um irgendwann aufzumucken oder zu schwatzen. Meiner Mutter wollte ich keine Schande machen. Es kam darauf an, nicht aufzufallen. Ich hatte so schon meine liebe Not mit dem dünnen Griffel, dass er nicht abbrach und dass das Geschriebene auf der Schiefertafel nicht verwischt wurde, unabsichtlich.

Die erste Schultasche, eine leidlich abgewetzte Aktentasche schmalen Formats, hatte Oma Anna fürsorglich an mich weiter verschenkt. So dicke hatten es meine Eltern nicht, mir einen nagelneuen Ranzen für den Rücken zu kaufen. Von oben war allgemeines Sparen für den "Endsieg" angesagt. Mich störte das Abgewetztsein der Tasche überhaupt nicht, schließlich war sie durch meinen älteren Bruder, der sie vorher getragen hatte, geadelt.

Lesen, Rechnen, Musik, Körpererziehung, mir machte Schule Spaß. Manchmal schweifte ich mit meinen Gedanken irgendwohin in die Welt. Träumte. Nachmittags übte ich, was zu üben war, doch Mutter kontrollierte das nicht sonderlich, sah drüber weg, verbesserte nichts. Es hätte die Änderung ja vielleicht falsch sein können, o Gott, was dann?

Zu ihrer Schulzeit, vor dreißig Jahren, hatte sie noch die spitzen, steilen gotischen Buchstaben lernen müssen, ich nun die lateinischen. Wie sollte sie da wissen, was der Herr Lehrer oder die Frau Lehrerin für schön und richtig befinden? Mich berichtigte keiner. Mir redete keiner rein. Außer sonntags mein Bruder, der es als Zehnjähriger besser wissen musste.

Als Randbewohner Halberstadts gingen Mutter und ich manchmal längere Wege in die "Oberstadt". Meist handelte es sich um einen Besuch am Breiten Weg 2, in der Glanzmeile des Zentrums. Zu Alltagseinkäufen ging es in die Voigtei und in die Bakenstraße. Von den Schönheiten und Seltenheiten der kunstvollen mittelalterlichen Fachwerkbauten am Holzmarkt und Fischmarkt und in den angrenzenden Seitenstraßen nahm ich wenig bewusst wahr. Kaum einer konnte sich vorstellen, dass das alles in kurzer Zeit ein Raub der Flammen und der Bombenabwürfe werden könnte.

Einmal hatten die Erwachsenen den glücklichen Einfall, mich ins prächtige Opernhaus an der Richard-Wagner-Straße mitzunehmen. Zur Weihnachtszeit. Vielleicht schwebte in ihnen doch so etwas wie eine Vorahnung, es könnte jetzt ein Theaterbesuch ein letzter gewesen sein?

Wir saßen im dritten Rang ganz weit oben und konnten sehr gut auf das märchenhafte Bühnengeschehen - es war eine Vorstellung für Kinder und ihre Eltern - herabschauen. War es "Peterchens Mondfahrt" oder "Hanneles Himmelfahrt"? Den Titel habe ich vergessen. Das Ganze mit Musik und Ballett fand ich aufregend und prächtig. Eine wahre Traumwelt! Es klingt unfassbar, aber meinen Vater, der irgendwo draußen in der Welt war, vermisste ich nicht. Vielleicht hatte er mich zu selten in die Arme genommen? Das prunkvolle Theatergebäude aus kaiserlicher Zeit sank Monate später in Schutt und Asche.

Die Verdunkelungen der Hausfenster an den Abenden und in den Nächten nahmen zu. Auch am Burchardianger 4. Die Hausnachbarn sahen sehr genau darauf. Ein Radio besaßen wir nicht. Konnten also keinen "Feindsender" hören. Meine Mutter hielt mich abends an, vor dem Einschlafen die Hände zu falten und zu beten. Aber nicht unter, sondern über der Bettdecke! "Hört er das auch?" - "Ja, er hört das, wenn du artig bist und einschläfst."

Solcherart waren die ersten religiöse Erfahrungen. Kirchen in Halberstadt kannte ich vor 1945 nur von außen. Meine Mutter musste wohl gemeint haben, der evangelische Kindergarten am Martinsplan vermittele ausreichend christliche Umgangsformen und christliche Bildung. Ich lernte hier einige Heimat-, Wander- und Weihnachtslieder, Tischsitten und das Schnürsenkelbinden, Händefalten und das Basteln von Weihnachtssternen. Was für ein wundervoller, großer Papier-Weihnachtsstern hing an der Decke der Eingangsdiele! In diesem Haus voller Frauenfrömmigkeit fühlte ich mich sehr geborgen. Vor der Einschulung.

Ende 1944 wurde die Luft über dem Vorharzgebiet zunehmend "eisenhaltig". Immer öfter las ich, eher zufällig, an Häuserwänden in Höhe von Kellerfenstern die Abkürzungen "LSR", Luftschutzraum.

An der Volksschule übten wir das Aufsetzen der Atemschutzmaske, eines Tages sogar im Keller des Wohnhauses Burchardianger 4. Irgendein Zuständiger probte mit uns Kindern das Auf- und Absetzen, verbunden mit schnellem fachgerechtem Hinwerfen des Körpers auf den Kellerboden. Na, denen da oben werden wir's aber zeigen. Warum eigentlich Krieg war, darüber ein Wort zu verlieren, hielt niemand für angebracht. Es war halt so. Wie ein Ungewitter. Es kommt und es geht.

Fast täglich hörte ich im Treppenhaus aus einer unteren Wohnung die sehnsüchtig-traurige Melodie von "Heimat, deine Sterne..." aus irgendeinem Radio, einem sogenannten Volksempfänger. Was sollte das Volk empfangen? Wohl Zuversicht, dass alles doch noch gut ausgehen werde. Man dürfe nur nicht den Glauben verlieren.

Alt-Halberstadt, das grüne Tor zum Harz, wie es von den Stadtvätern und Firmen unentwegt gepriesen wurde, erlebte seine letzten Tage. Seinen steinernen großen Roland sah ich noch an alter Stelle, am Rathaus am Holzmarkt, wachen. Schön, dass der Heimatmaler Walter Gemm die vielen Zeugen alter Geschichte und ihre zauberhafte Aura fleißig gezeichnet und gemalt hat, bevor die Katastrophe Einmaliges vernichtete.

Ungewissheit brütete im Frühjahr 1945. Immer häufiger wurde im Haus das Radio eingeschaltet, um aus "Erfolgsmeldungen" manches andere herauszuhören. Das schnappte ich im Vorübergehen auf. Keine direkte Neugier. Warum auch? Der liebe Gott wird schon nicht die strafen, die ehrlich und innig zu ihm beten.

Einmal waren ein paar Bomben auf das Reichsbahngelände abgeworfen worden, hörte ich. Das berührte uns nicht. Der Bahnhof lag ja weit weg.

Dann kam der 8. April 1945.

Der 8. April 1945 - ein Schicksalsdatum

Ein schöner, sonniger Sonntagmorgen. Wieder einmal gehen wir Oma und Opa Zimmermann besuchen. Breiter Weg 2. Zu Fuß bis zur Endhaltestelle Voigtei, dann fahren wir einige Stationen Straßenbahn bis zum Fischmarkt. Eine trügerische Ruhe.

Am westlichen Ende von Westendorf, der Verlängerung der Schmiedestraße, in der Sternstraße und in anderen Ausfallstraßen waren im März sehr eilig etwa zwei Meter hohe und einen Meter dicke Panzersperren aus Steinen, Erde und mit äußerer Verbretterung errichtet worden. Die hatte mir ein Schulfreund entdeckt auf dem gemeinsamen Schulweg. Hier sollten keine Panzer durchkommen, man erwartete englische oder amerikanische. Man munkelte, das dürftige Gebilde könne wohl kaum Panzer hindern. Allenfalls, dass man sie aufhielte, um sie in Häuserkämpfe zu verwickeln.

Es gab am frühen Morgen keine Vorwarnungen. Die Großeltern bewohnten die oberste, vierte oder fünfte Etage in dem sehr stattlichen Eckgebäude, und sie hatten, der vielen Fehlalarme der vergangenen Monate müde geworden, Vorsorge getroffen für den Ernstfall. Den wertvollsten Hausrat, die wertvollsten Erinnerungsstücke und Dokumente sowie Bekleidung hatten sie, gut verpackt, im Keller deponiert und verschlossen. So blieb, neben sich selbst, das gerade noch Greifbare aus der Wohnung in den Keller hinab zu retten.

Opa Albert zeigte mir stolz wieder einmal seine metallisch glänzenden Strickmaschinen, deren listige und komplizierte Konstruktion ich ein wenig begreifen sollte. Vergeblich. Ich begriff nicht.

Einen Angestellten hatte Opa nicht, sieht man einmal von Oma Anna als mitarbeitender Ehefrau ab. Bruder Heinz spielte den gelegentlichen Austräger, sich so ein paar Pfennige oder Groschen Botengeld verdienend. Das ließ sich sparen.

Gegen halb zwölf begann Oma Anna das Sonntagsgeschirr fürs Mittagessen auf den Tisch zu tragen. Plötzlich heulten die Sirenen. Anna wollte das Geschirr wieder abräumen, aber Opa Albert herrschte alle an, sofort das Handgepäck zu schnappen und in den Keller zu flüchten. Wir hatten ja den längsten Weg dorthin. Er trieb zur Eile an. Ziemlich steile Treppen ging`s hinunter. Einen Halt gab`s erst in einem mannshohen, langen Gewölbegang, von dem aus verschiedene Kellerräume erreichbar waren.

Der für die Hausbewohner eigentlich bestimmte Schutzraum, dessen Kellerfenster zum Breiten Weg zeigten, blieb verschlossen. Vorsichtshalber. Jemand musste erkannt haben, dass der Aufenthalt dort weitaus gefährlicher gewesen wäre als im sehr stabilen Gewölbegang. Von hier führte ein Notausgang in den Hof. Und über den Innenhof konnte man in die Schuhstraße gelangen.

Ich verkroch mich in eine der allerhintersten Ecken des Ganges. Neben mir Heinz und meine Mutter, die ich aber bald nicht mehr sah, da plötzlich alle Lichter erloschen. Kaum fünf Minuten nach dem Einsetzen des Alarms zitterte die Luft im Gang und mir war, als zitterten auch die Wände um mich herum.

Die Schwärme mit der tödlichen Last flogen über das Zentrum. Etwa 200 Bomber sollen es gewesen sein. Ursprünglich sollten die 545 Tonnen Spreng- und Brandbomben einem Flugplatz bei Zerbst und einem Öltanklager bei Staßfurt gelten; so teilte es ein Brief aus dem Aerospace Studies Institute in Alabama, USA, im März 1965 auf Anfrage Halberstädter Forscher mit. Doch dort, im mitteldeutschen Raum, erwies sich der Himmel in der Frühe des 8. April 1945 als unerwartet bewölkt, sichtverwehrend, so dass die Staffeln aus Südengland, schon auf der Anflugroute, einen anderen Auftrag erhielten: Halberstadt. Man vermutete hier eine verlagerte Kommandozentrale der deutschen Wehrmacht.

Die zwanzig oder fünfundzwanzig Minuten des Bombardements kamen uns vor wie eine Ewigkeit. Einige drängten vorzeitig auf den Hof, aber ein Polizist oder Blockwart verwehrte es ihnen mit dem harschen Hinweis, das könne tödlich sein. Erst müsse das Zeichen der Entwarnung ertönen. Das hörten wir wenige Minuten später, einige Minuten vor zwölf.

Taschenlampen flackerten auf. Bewohner quollen verschüchtert, verworrenen Blicks, langsam aus den Kellern. Wir tasteten uns auf den nicht wieder zu erkennenden Hof hinter Nummer 2 der ehemaligen Prachtstraße vor. Ringsum schlugen Flammen hoch, und es qualmte aus halbeingestürzten Gebäuden der Einmündung der Schuhstraße in den Breiten Weg. Jeder Schritt über die Trümmer fiel schwer. Ich stakste an der Hand meiner Mutter über große Steinbrocken, Gebälk und Glassplitter. Nur langsam kamen wir Entronnenen vorwärts.

Die meisten, schien es, wählten die Richtung auf die Martinikirche zu, an ihr vorbei in Richtung Schmiedestraße, um aus der Stadt heraus zu kommen. Die große Kirchturmuhr war stehen geblieben. Von links und rechts stolperten sie heran, sich wie zu einem dunklen Rinnsal vereinend, das einen Ausweg sucht. Nur raus! Hier konnte nicht länger des Bleibens sein. Und wer vermochte zu garantieren, dass nicht weitere Bomberstaffeln anflogen auf Halberstadt?

Das unbeschreibliche Gefühl, überlebt zu haben, trieb die Menschen, dumpf und stier die Blicke, voran. In der Schmiedestraße glaubte ich irre Schreie aus einem Keller gehört zu haben, Winseln, Schluchzen. Aber keiner eilte hin, zu helfen. Dort fraßen Flammen alles auf, und die Zugänge waren verschüttet. Wenn nicht Angehörige selbst alles Menschenmögliche versucht hatten, die jetzt dumpf Vorbeistolpernden schienen taube Ohren zu haben. Niemand half. Der Treck mit Koffern, Bündeln und Taschen wälzte sich wie eine stumme, unaufhaltsame Lava durch die Schmiedestraße, zur Sternstraße, stadtauswärts. Die Gedanken kreisten wohl bei den meisten um die Frage: wo jetzt unterkommen?

Für meine Mutter war klar: Ihr kommt erstmal zu mir, zum Burchardianger! Opa und Oma nahmen das zwar an, aber dies als eine Zwischenrast. "Bei Herta'n können wir nicht bleiben. Wenn nun morgen oder übermorgen der

Alwin zurückkommt..." Und so entschlossen sich die Ausgebombten, bei Schwester Hedwig und ihrem Hermann in der Sargstedter Siedlung, Sargstedter Weg 49, unterzukommen. Vorläufig, bis man Ersatz finden könnte. So ging es Tausenden Halberstädtern.

Tagelang lag es in der Luft: Wann wird die Stadt von wem eingenommen? Amerikaner und Briten standen, so war den Radionachrichten zu entnehmen, irgendwo bei Braunschweig, die Russen irgendwo vor Berlin. Bald würde es bestimmt um den Fall von Berlin gehen. Plünderungen vorzubeugen, gab es keine wirklich durchgreifenden Mittel. Abwarten. Nur abwarten? Da lagen unter den Trümmern doch noch eingeschnürte Sachen. Teils sehr wertvolle. Und Tote.

In die Schule zu gehen brauchte ich erst mal nicht. Meine "Volksschule", wie manches in der Unterstadt, hatte das Bombardement nicht getroffen. Aber das Zentrum der alten Stadt war schwer verwundet, ins Herz getroffen. Täglich strömten aus dem Osten geflüchtete Menschen gen West. Die eng gebaute, alte Unterstadt schien plötzlich von Menschen überzuquellen.

Drei Tage später, am 11. April 1945, rollte von der Braunschweiger Chaussee her in die Sternstraße die US-Army auf Panzern ein. Es fiel kein Schuss. Die Amerikaner wussten, dass hier kaum Widerstand zu erwarten war. Versprengte kleinere deutsche Grüppchen, munkelte man, hätten sich in die Harzwälder zurückgezogen. Und einige hätten sich für Führer, Volk und Vaterland erschossen.

Wir Kinder vom Burchardianger wagten uns vorsichtig an die Ami-Panzer heran. Der Krieg war aus für uns. Die Soldaten, darunter einige dunkelhäutige, schlaksten sichtlich gelangweilt auf oder neben den Tanks oder setzten sich auf die Grasstreifen am Straßenrand. Freundlich lockten sie uns, heranzukommen. Keks und Schokolade durften wir probieren, auch Kaugummi.

Das ging so zwei, drei Tage, dann rollten Tanks und

Jeeps von Briten und von wenigen Franzosen heran. Wahrscheinlich rollten sie in Richtung der Elbe, ostwärts, um sich mit den Russen zu treffen. Nur wenige Amis blieben in Halberstadt.

Eine Kommandantur wurde eingerichtet. Etliche Familien aus den ersten Häusern an der Straße Sargstedter Weg mussten ihre Wohnungen räumen (oder es waren inzwischen unbewohnte Räume bekannt geworden - manche hatten ja Grund für ihre Befürchtungen, von den Amis bestraft zu werden), dort zog vorübergehend US-Army ein. Besatzungsordnung. Sämtliche Waffen in persönlichem Besitz waren bei der Kommandantur abzuliefern, hieß es. Ich hatte bei meinem Vater nie eine Waffe gesehen.

Nach 20 Uhr durfte niemand auf die Straße gehen, es sei denn, er konnte einen Erlaubnisschein vorweisen. Das galt bis sechs Uhr früh. Patrouillen streiften ständig durch die Stadt. Noch war der Krieg nicht beendet. Um Berlin herum tobten erbitterte Kämpfe, hörte man.

Die ersten Ausgebombten wagten es am Tage, mühsam nach ihren verschütteten Wertgegenständen unter den Trümmern ihrer Häuser zu suchen. Wie war ich froh, dass wir am Burchardianger wohnten! Hier fiel keine Bombe. Und niemals erfreuten wir uns so ausgedehnter Zwangsferien wie 1945 - bis in den tiefen Herbst hinein. Es fuhr keine Straßenbahn, es fuhr keine Eisenbahn. Die Straßen der Innenstadt waren übersät mit Brocken von Häuserwänden, Splittern, Balken, Trichtern, Wracks, Müll, Tierkadavern.

Die Geschäfte lebten vom Ausverkauf des Gehorteten. Die Felder im Umland waren kaum noch ordentlich bestellt worden. Wohl dem, der einen Kleingarten besaß oder einige Quadratmeter ums Haus herum und selbst einiges säen und ernten konnte. Wie Oma und Opa Zimmermann und Tante Hedwig am Sargstedter Weg 49.

Jetzt hieß es, irgendwie überleben, und sei es durch Stehlen. An unser Haus grenzten ja Gärten und in Richtung Badeanstalt an der Holtemme, an der Rabahne, gab es einige Felder mit Klee und Mohn und Kohlrabi und anderen Kohlsorten. Man musste geschickt "Zabzarab" machen, so hieß ein Geheimwort.

Das "Strecken" von Lebensmitteln brach an: Die Erfindungen, wie man mit Ersatzstoffen Marmelade oder Mehl oder Wurst oder sonstwelchen Brotaufstrich "streckt", also verlängert. Eingeweiht hat mich meine Mutter in diese Küchengeheimnisse nie. Erstaunlich, dass das Zeug trotzdem fast immer noch geschmeckt hat.

Das meiste wurde mit Grieß oder Kartoffelstärke oder Wasser gestreckt. In jener Zeit gab`s nur noch gritzegraue Brötchen, und die noch auf ausgegebene Marken, die nur für eine Dekade, also zehn Tage, reichten, obgleich sie für 30 reichen sollten.

Auf einmal eine Sensation: Am Proviantamt Ecke Spielmannstraße, Richtung Klusstraße kann man am hellichten Tage klauen! Das trieb mich mit einem Freund durch die ganze Stadt bis dorthin. Wir wollten nur wissen, ob das überhaupt stimmt. Vorsicht, Vorsicht...

Im Abstand von etwa 80 Metern beobachteten wir das umgitterte Gelände. Eine Front des Speichergebäudes, zur Straße hin, von einer Bombe aufgerissen. Um das Gelände patrouillierten von Zeit zu Zeit Soldaten, wieviel, war nicht auszumachen. Ich traute mich nicht, in eine Lücke der Unbewachtheit zu schlüpfen. Was wäre, würde ich festgenommen? Das konnte ich meiner Mutter nicht antun. Es bot sich dennoch ein spannendes Katze-und-Maus-Spiel zwischen den Amis und den von Hunger Getriebenen. Wirklich, es schafften einige, ein paar Konserven äußerst geschickt zu stehlen.

Mitten im Sommer, etwa Juli, zogen alle Amis ab, und es kamen Russen. Das rührte mich gar nicht. Angst verspürte ich nicht. Die wichtigste Frage damals schwebte unausgesprochen immer über allen Häuptern: Haben wir morgen noch etwas zu beißen?

Ich weiß nicht, wie es meine Mutter schaffte, uns durch die Hungertage durchzubringen. Ein Glück, dass nur ich es war, für den sie unmittelbar zu sorgen hatte. Manchmal gingen wir ins Sozialamt Unter den Weiden. Meist ging es auch gleich nebenan zur Krankenkasse am Abtshof, um ein paar Mark "Stütze", Geld, zu holen. Zum Glück fielen Mutter ehemalige Schulfreundinnen und Bekannte ein, die man mal besuchen könnte. Vielleicht haben sie einen Kleingarten und ein bisschen Kleinvieh und ein paar Kartoffeln zum Abgeben, und vielleicht fühlen sie auch ein bisschen mit, wenn sie mich mageres Kerlchen an der Hand der Mutter sehen.

Willig und neugierig ging ich alle diese Wege mit, die Mutter sich ausgedacht hatte in ihrer Verzweiflung. Sie wollte ja zugreifen im Haus, im Hof und im Stall. In vielen Familien fehlte der Mann. Immer noch. Oder endgültig.

Gelegentlich suchte sie bei "hochen Herrschaften", wie bei einem Arzt, Lehrer oder Rechtsanwalt, eine Tätigkeit als sogenannte Aufwartung. So umschrieb man das Reinemachen als Reinemachefrau. Meist beschränkt auf ein bis zwei Stunden und nicht jeden Tag. Von dort brachte Mutter hin und wieder etwas Brot oder Wurst, Kartoffeln oder Margarine mit. Entgelt. Denn sie konnte und mochte ja nicht Oma Anna unentwegt wegen Essen angehen. Und ein gewisser Stolz verwehrte ihr das.

Die Großeltern hatten ihr eigenes schweres Bündel Sorgen. Die suchten und suchten nach einer neuen Wohnung, um der Schwester in der Sargstedter Siedlung nicht ewig zur Last zu fallen. Dort wohnten sechs Personen in einer Zweizimmerwohnung mit kleiner Wohnküche. Wenigstens ein Dach überm Kopf! Es gab weitaus schlimmere Verhältnisse.

Wie oft stieg ihnen da die Galle hoch. Die Wut brach sich Bahn, wenn die Rede auf Schuldige des Krieges kam. Adolf Hitler... Wie konnte man nur auf diesen Psychopathen und Verbrecher hereinfallen? Unfassbar. Opa Albert, wenn ich es recht aufschnappte, hatte Hindenburg gewählt, und er wurde ziemlich wütend, dass 1932-33 so viele auf ihn damals nicht hatten hören wollen.

Als die Russen nach 1945 die ersten Parteien wieder zuließen, ging Albert in Versammlungen ähnlich gesinnter Leute. Schließlich musste man ja erfahren, wohin künftig der Hase laufen sollte. Und: Wer hatte etwas gelernt aus diesem entsetzlichen Schlamassel? Das wetterleuchtete durch erregte Gespräche der Erwachsenen, ohne dass ich mir anmerken ließ, es mitbekommen zu haben. Mein leerer Magen beschäftigte mich viel mehr.

Bettelwege übers Land

Der Sommer ging ins Land. Sehr heiß. Immer hofften wir, Vater würde zurückkommen. Von Teilentlassungen aus Gefangenenlagern hörte man in Warteschlangen vor Ämtern und bei Ärzten. Post kam nicht. Wer weiß, wer weiß. Vielleicht lebt er schon nicht mehr. Vermisst, verhungert, erschossen. Meine Mutter zerbrach sich darüber, fand ich, wenig den Kopf. Schwer genug wohl für sie herauszufinden, wie sie vielleicht etwas Wintervorrat beschaffen könnte. Wenn erst Schnee fällt, was dann?

Deshalb ging es im Herbst mehrfach aufs Land. Wie gut, dass ich nicht ahnte, wieviel Kilometer Fußweg mir bevorstanden, sonst hätte ich gebockt. "Wir gehn mal Richtung Kleinquenstedt", "wir gehn mal Richtung Wegeleben", "wir gehn mal Richtung Emersleben"...

Und so weiter. Was blieb mir schon übrig. Mit leerem Rucksack natürlich.

Endlose Chausseen mit Apfel- und Birnbäumen. Hin

und wieder eine kleine Freude: Fallobst gab's genug und ein verdientes Päuschen. Hier im Chausseegraben im Gras, zwischen all dem Klatschmohn und Hirtentäschel, zwischen Kletterstauden und unterm hohen Himmel konnte man wenigstens richtig träumen. Von irgendeinem schönen Stern mit fröhlichen, guten Menschen und einem echten Tischleindeckdich.

Ob meine Mutter auf den Dörfern wirklich Freundinnen hatte oder sich das nur einbildete, weiß ich nicht. Aber sie muss wohl von christlichen Predigten beseelt gewesen sein, da sie vor fremde Türen ging, klingelte und mir schnell die Anfangszeile eines Kirchenliedes zuflüsterte, das ich zu singen mit anheben möchte. "Geh aus, mein Herz, und suche Freud' in dieser schönen Sommerszeit..."

Meistens kamen wir nicht weit mit Melodie und Text, weil Mutter beim Erscheinen des oder der Angesungenen eine Auskunft für angebracht hielt: "Wir kommen aus der Stadt. Könnten Sie uns bitte ein paar Kartoffeln oder etwas Milch oder etwas Wurst abgeben?"

"Warten Sie einen Moment", erwiderte in den meisten Fällen die Bäuerin, verschwand in die Küche oder den Keller und holte etwas Mehl oder Kartoffeln oder Eier oder Speck.

Sie mussten uns als Elende angesehen haben, die nur pure Not hierher getrieben hatte. Wer läuft freiwillig so weit? Um ein paar Bissen. Selten wies man uns ab. Manchmal konnte Mutter auch einen kleinen Gegenwert aus unserem Kleiderschrank anbieten.

Hunderte pilgerten ähnlich bettelnd übers Land, und ich konnte mir trotz meiner geringen Kenntnisse vom Dorf - eine Zeitung las meine Mutter nie, sie erfuhr alles für sie Wichtige beim Einkaufen und Schlangestehen - ganz gut vorstellen, dass einige Ländler uns als Landplage abzuwimmeln gesonnen waren, sobald sie Leute wie uns kommen sahen.

Zwischendurch weilten wir auch einige Tage bei einer alten Bekannten aus den Schultagen meiner Mutter, natürlich auf einem Bauernhof, um unsere Handdienste anzubieten beim Ernten, Schlachten oder häuslichem Getu. Die Wirtschaften der Klein- und Mittelbauern litten an Männermangel. Der Krieg ... Viele auf dem Dorf warteten ebenfalls auf die Heimkehr von Vätern und Söhnen, falls es noch Hoffnung gab. So "zigeunerten" wir tagelang über die umliegenden Dörfer.

Oma Anna nahm die Kunde mit einigem Misstrauen auf, doch sie hatte ihre eigenen Sorgen mit dem nun weit, weit entfernt liegenden Garten am Reichsbahngelände und mit dem Groll ihres Albert gegen Gott und die Welt. Insbesondere gegen die Nazis, denen er verdankte, dass seine schönen Strickmaschinen unter den Trümmerm nur noch Schrottwert besaßen.

Irgendwann im Herbst, mit großer Verspätung, wohl am 1. November 1945, öffnete wieder die Schule. Zunächst ging ich erneut in die Hans-Schemm-Schule, die nun einfach "Grundschule" hieß. Der Name Schemm verschwand. Was der Hans Schemm verbrochen hatte, das erzählte uns niemand. Jetzt waren wir plötzlich Zweitklässler, und was verstehen Zweitklässler schon von Nationalsozialismus und ähnlichem Ungetüm? Grundschule am Promenadenweg oder Grundschule am Heine-Weg klingt doch auch nicht schlecht.

Die Klassenräume schienen aus den Nähten zu platzen, die Stühle reichten nicht, auch nicht die Bänke. Die Schülerzahlen je Klasse lagen zwischen 40 und 50. Jede Menge Umsiedlerkinder aus dem Osten und Süden.

Die meisten Schulen befanden sich im weniger oder nicht zerstörten Außenring um das Stadtzentrum herum. Die hohe Klassenfrequenz hatte ihren hauptsächlichen Grund darin, dass es zu wenig Lehrerinnen und Lehrer gab. Nach den Bestimmungen des Potsdamer Abkommens erschienen einige der bisherigen Lehrer politisch und persönlich nicht mehr geeignet für einen weiteren Schuldienst. Wegen gehabter Staatsnähe zur faschistischen Diktatur. Oder wegen ihrer NSDAP-Mitgliedschaft. Oder sie hatten vorsichtshalber gleich das Weite gesucht, was fast immer hieß: in westlicher Richtung Deutschlands oder ganz südlich. Das Weite begann etwa 30 Kilometer hinter Halberstadt.

Man war froh, für Stunden wenigstens in einen geheizten Raum zu kommen und eine Schulspeisung empfangen zu dürfen. Nur wer in die Schule kam zum Unterricht, konnte damit rechnen. Schulspeisung bedeutete anfangs täglich je Schüler ein graues Brötchen oder eine Packung Brotmehl, genannt "Brotary", eine Haferschleim- oder eine Graupensuppe.

Diese kostenlose Gaben wechselten einander ab. Das ließ sich kaum einer entgehen.

In Deutsch lasen wir in und aus Erzählungen der Selma Lagerlöf. Sie entführte uns in die seltsam anziehende, von Naturkräften beherrschte Welt des hohen Nordens, wo Mensch und Natur noch sehr urwüchsig-mythisch an ihrem Schicksal, genannt Leben, woben. Und Daniel Defoe nahm uns mit auf das weite Meer zu den Abenteuern des gestrandeten Robinson, der mit den allereinfachsten Mitteln und seiner Phantasie zu überleben genötigt war. Weltliteratur. Nichts von deutschen Heldensagen. Die waren erst einmal tabu. Der Mensch braucht etwas zum Träumen. Welch eine Fundgrube bot da die überreiche Weltliteratur!

Schulhefte besaßen die meisten Schüler nicht. Es wurde auf einzeln ausgegebenen Blättern oder Zetteln geschrieben, nur wenige besaßen noch einige Heft-Restposten. Stundenausfälle verschlangen nicht selten die Hälfte der Stundentafel. Der Winter 1945/46 kam, und mit ihm ein regelrechter Wanderbetrieb: Wenn die Kohlen nicht reichten, die Schule zu beheizen, hieß es "Wir ziehen um in die ..." Einige Wochen ging`s vorübergehend in die Schule an der Plantagenstraße, dann mal in die Gehörlosenschule an der Straße der Opfer des Faschismus (OdF), dann in die Schuhfabrik Spangenberg in derselben Straße - weil dort noch Kohlenvorrat war. Dann die Schule an der Hospitalstraße. Und so weiter.

Eine unruhige Zeit. Für uns Sieben- und Achtjährige aber auch recht aufregend und spannend. Man lernte so die Stadt kennen. Der Alltag bestand aus Schlange stehen, gesetzlich vorgeschriebenen Schutzimpfungen, Stromabschaltungen am Abend und der nächtlichen Ausgangssperre.

An den Litfasssäulen erfuhren wir, wo und wann und warum man sich impfen lassen musste, denn ohne Impfnachweise keine Lebensmittelkarten! Diese gab`s für Fleisch und Wurst gemeinsam, für Fett, für Brot/Brötchen, für Kartoffeln, für Zucker, für Milch, zudem eine Punktekarte für Industriewaren, z.B. Schuhe. Pech für meine Mutter, dass sie keinen Beruf nachweisen konnte, so musste sie nur mit einer sogenannten "leichten" Karte auskommen.

Auf jeder Karte standen rechteckige Felder mit Grammangaben und dem jeweiligen Lebensmittel. In den kleinen Läden der Unterstadt, wo wir einkauften, meist in der Voigtei, schnitten flinke Papierscheren den gewünschten Vorrat aus der Lebensmittelkarte und ließen die Streifchen und Schnippel in einen leeren Karton fallen. Nach zwei Wochen oder auch früher waren die Monatsrationen verbraucht. Man ließ "anschreiben", auf Pump, falls der Ladeninhaber das aus Mitleid zu tun bereit war.

Undurchdringliches Gewimmel von Menschen herrschte in der Unterstadt. Die Ausgebombten hatten ja irgendwie bei Verwandten oder Bekannten unterkommen müssen, hinzugekommen waren viel Flüchtlinge aus dem Osten, und da die teils meterhoch verschütteten Straßen weder begeh- noch befahrbar waren, verdichtete sich öffentliches Leben stark auf dem Terrain zwischen

Johannesbrunnen, Holtemme, Torteich, Gröperstraße... Kriegskrüppel hockten hilfeheischend vor Hauseingängen. Grüppchen von Rucksackhändlern tauschten, möglichst unauffällig, untereinander Naturalien zu horrenden Schwarzmarktpreisen. Frisch gefallene "Pferdeäppel" wurden auf der Straße kaum kalt, sie ereilte die emsige Aufmerksamkeit von Gartenbesitzern und Leuten, die wussten, wie man "aus Kacke Bonbons macht".

Ein stummer Gruß den unendlich geduldigen, turbangeschützten oder auch nicht geschützten Frauen, die begannen, die Hauptstraßen von Trümmern zu befreien, Fußgänger- und Straßenbahnverkehr zu ermöglichen! Gelegt wurden zugleich - und immer länger - die ersten Geleise der Schmalspur-"Trümmerbahnen". Eine der Strecken führte vom Holzmarkt im Zentrum westwärts über die Gerhart-Hauptmann-Straße hinweg in die Plantage und durch sie hindurch die ganze Sternstraße hinab bis zum Burchardianger.

O du mein schöner Anger! Ort der Zirkusse und Tollereien. Warum ereilt dich ein solches Schicksal?

Der Anger umfasste eine weiträumige Senke, knapp einen Meter tief, unterhalb der ihn umgrenzenden Straßen. Hierher wurden auf tausenden von Kipp-Loren die unbrauchbaren Überreste Halberstadts gebracht, hier ausgeschüttet und eingeebnet. Bevor die Trümmerloren vollgepackt worden waren, hatten die Ausgebombten die Schutt- und Steinberge, die Keller und Ruinen nach noch Brauchbarem wie Brennholz, Haushaltsgegenständen und anderem abgesucht. Holz war am begehrtesten, denn der Winter würde hart werden.

Fürs Steineklopfen, hieß es, gäbe es einige Pfennige. Meine Mutter zögerte, mitzumachen. Sie hatte mit Haushalt und Laufereien von einem Büro zum anderen genug am Halse. Später nahm sie mich doch mal mit, probeweise, und ich lernte, wie man mit einem Spitzhammer Mörtel von einem Ziegelstein schlägt.

Nur ganze Ziegel wurden ausgesondert und bearbeitet. Bruchstücke ab in die Lore. Die sauber geklopften Steine stapelten wir zu einem größeren, gut geschichteten Quader, der später von einem Bauunternehmen abgeholt wurde. Aus alt mach neu! Eine oft zu lesende Losung jener Tage. Auch für Textilien aller Art.

Hunderte Halberstädter klopften täglich Steine, in der großen Mehrzahl ältere Frauen. War den Männern solche Arbeit unwürdig? Darüber machte ich mir damals keine Gedanken. Sehr viele waren ja noch gar nicht aus der Gefangenschaft heimgekommen, falls sie den Krieg überhaupt überlebt hatten. Zum Beispiel mein Vater. Und einige mussten ja wohl die wenigen Autos und die Kleinloks der Trümmerbahnen fahren.

Eine andere Enttrümmerungslinie verlief südlich in Richtung auf die Spiegelsberge, wo der Schutt am Rande eines stillgelegten Steinbruchs abgekippt wurde.

Vor den Russen ängstigte ich mich nicht. Es hieß, sie seien kinderlieb, weil sie selbst Kinder durch den Krieg verloren hätten und in Kindern eine reine Unschuld sähen. Und schließlich hatten sie ja Quartier genommen am entgegengesetzten anderen Ende der Stadt: in Kasernen hinter den Klusbergen und nahe der Quedlinburger Straße. Eine Ausgangssperre für die Zivilbevölkerung gab es unter ihnen auch, sie wurde schrittweise gelockert.

Plötzlich ereilte uns eine Stadt-Sensation: Die Besatzungsmacht hatte entdeckt, dass Unmengen von klarem Haushaltszucker gehortet worden waren, vor Kriegsende. Eiserner Vorrat. Die Stadt besaß ja eine große Zuckerfabrik am nördlichen Ende der Gröperstraße. Nun hieß es, jeder Haushalt sei berechtigt, gegen Ausweis und ausgegebene Zuckerkarte 20 Kilo klaren Zucker entgegenzunehmen. Kostenlos. Natürlich nahmen wir entgegen.

Jetzt konnte, wer wollte, mit Zucker handeln. Von Zeit zu Zeit klingelte bei uns jemand an der Haustür. Zum Beispiel ein Angereister aus Hamburg, mit Fischen in

Glasbehältern, oder eine Frau aus Plauen mit Strümpfen und Unterwäsche und Bändern. Dafür ließ sich Zucker anbieten. Der Tauschhandel blühte. Naturalwirtschaft.

Der Wert des Geldes, noch immer hießen die Lappen Reichsmark, verfiel. Gibst du mir dies, biete ich dir das, hieß die Tauschformel, und sie funktionierte merkwürdigerweise fast immer. Und die Preise - wer sich darauf einließ, die "Lappen" zu zücken, falls er sie besaß - kletterten täglich auf dem Schwarzmarkt. Meine Mutter ging nicht auf den Schwarzmarkt. Sie entsann sich lieber immer neuer Schulfreundinnen von damals oder der Verwandten meines Vaters.

Augenblicke, die tief ins Herz treffen

Es gibt Situationen im Leben, manchmal nur von Sekunden Dauer, die treffen tief ins Herz. Man vergisst sie bis an sein Ende nicht. Sie sind ein Aufriss der Welt.

An irgendeinem der Tage, an dem vormittags der Magen knurrte und meine Mutter unschlüssig war, was sie unternehmen könnte, gingen wir vom Domplatz Unter den Zwicken in Richtung Schmiedestraße. Vor einem großen Schaufenster mit teils exotischen Lebensmitteln blieben wir stehen. Sie sah, nach meinem Gefühl, sehr lange, länger als sonst, in die Auslagen. Ich auch. Dann wurde ich ungeduldig und musterte sie von der Seite, sah, wie ihr die Tränen die hageren Wangen herabrollten, und ich fragte: "Warum weinst du?"

Sie schwieg. Wischte mit der Hand die Tränen weg. Wir gingen weiter.

Seltsam, dass sich solche Augenblicke tief einprägen, tief wie der schleppend-holpernde Zug der Davongekommenen am 8. April 1945 stadtauswärts durch die Schmiedestraße und durch Westendorf.

Der Hunger begleitete uns ständig. Im Stehlen hatte sich Mutter nicht versucht und mich mochte sie nicht dazu auffordern. Es kam für sie eher darauf an, etwas zu finden. So warfen zum Beispiel manche Familien in der Nähe unserer Wohnung zu dick geschälte Kartoffelschalen in den Abfall. In Bottiche. Diese Schalen klaubten wir heraus, wuschen sie dreimal, kochten sie, danach wurde nochmals vorsichtig Schale von Schale getrennt, und so hatte man doch noch eine bescheidene Mahlzeit.

Oder Mutter hatte erfahren, dass man von Brennesseln unter Zugabe einer Brühpaste oder von etwas Fleisch eine Suppe kochen kann. Natürlich wurde das ausprobiert. Am besten, man konnte noch ein Ei dreingeben und/oder etwas Grieß. Die häufigste Suppe dieser Jahre hieß Graupensuppe. Meist fehlte leider das Fett, von Fleisch kaum zu reden.

Die Hungerzeit ließ viele abmagern, an Vitaminen fehlte es noch mehr, besonders in der obstarmen Zeit. Was eine Banane oder eine Apfelsine ist, wusste ich als Sieben- und Achtjähriger nicht. Der Mangel führte zu Erkrankungen. Zu meinem Glück ordneten die neuen Behörden eine allgemeine gesundheitliche Überprüfung aller Schulkinder an.

Die Waage zeigte bei mir, dass ich nach Meinung der Ärztin acht Kilo zu wenig wiege. Unterernährt. So kam ich auf eine Liste der im Sommer 1946 aufs Land zu verschickenden Kinder. Die Aktion hieß, glaube ich, "Schulkinder aufs Land!" Mir war es recht und meiner Mutter eine große Sorge zeitweilig genommen. Ich solle ja futtern, was der Bauch hält.

Mit einem Bus ging es in Richtung Huy, nach Schlanstedt. Einer Großbauernfamilie mit einem riesigen Hof und vielen Stallungen wurde ich zugeteilt. Eine freundliche Bäuerin setzte mir gleich geschmierte Stullen vor und wünschte mir guten Appetit. Die Frau vom Halberstädter

Gesundheitsamt oder Dezernat klärte noch die in drei Wochen vorgesehene "Rücknahme" des eben Abgelieferten und verabschiedete sich.

Zum Glück gab es ein etwa gleichaltriges Großbauern-Mädchen, das mir erklärte, wer wann was im Hofe zwischen und in den Ställen zu tun oder zu beaufsichtigen hätte. Mir war der durchdringende Duft des riesigen Misthaufens mitten im Hof in die Nase gestiegen.

Ich freute mich, alle Haustiere zu finden, die ich vom Lesebuch her kannte. Bauer sein, das musste doch wirklich schön sein, wenn man genügend Acker und Pferde, Kühe und Schweine, Hühner und Gänse besaß. Und ausreichend Hände, alles zu schaffen.

Nein, arbeiten sollte ich nicht, höchstens Eier im Hühnerstall zählen und im Garten Stachelbeeren pflücken. Und so geschah`s. Die Landluft und die Bewegung im Garten und die Tollerei am Feldrain ließen mich herrlich schlafen. Und zunehmen. Nach drei Wochen zeigte die Waage ein zufriedenstellendes Gewicht. Ich wünschte mir, es könnte alle halbe Jahre solche nahrhaften, kräftigenden, mit Landbrot, Schinken und Eiern gespickten Ferientage geben! Es blieb bei diesem einen Anfüttern.

In Halberstadt nahmen die Enttrümmerungsarbeiten ihren verstärkten Fortgang. Und Opa und Oma hatten es endlich geschafft, in der Gröperstraße 41, an der Ecke des schmalen Durchgangs Am Stiege, der die Straße Am Frauenhause mit der Gröperstraße verband, eine kleine Wohnung im Erdgeschoss zu erhalten.

Der unterste Abschnitt der Hauswand, die zur Seite Am Stiege stand, es war ein hohes altes Fachwerkhaus, wölbte sich etwas nach außen. Aber wer murrte schon bei so einem kleinen Schönheitsfehler? Jetzt wohnten sie wieder im Zentrum. Das bedeutete neue Kundschaft und für Heinz die unmittelbare Nähe zur Dom- und Ratsschule am Johannesplatz und kürzere Wege zu den Behörden.

Wie Opa das geschafft hatte, wer weiß. Vielleicht hatte er alte Beziehungen aus alter Zeit spielen lassen.

In dieses Haus der Göperstraße ging ich oft. Meist mit meiner Mutter, aus Neugier, oder sie wollte sich Rat holen oder wollte mal wieder ihren Sohn Heinz sehen. Oder brauchte eine Kleinigkeit.

In diesem Jahr 1946 las ich an dem zum Hohen Weg zeigenden Turm der Martini-Kirche, dem Wahrzeichen der Stadt, riesige Buchstaben: S E D. Ich zog das beim Aussprechen zu einem Wort "sed" zusammen, doch Heinz belehrte mich sogleich, wie man es richtig aussprechen müsse - jeden Buchstaben extra. Mit kleinen Zwischenpausen. Was es war, konnte er auch nicht völlig verständlich machen. Eine neue Partei.

Opa Albert wollte in keine neue Partei. Ihm reichte es. Vorsicht hieß die Mutter der Porzellankiste. Neue Strickmaschinen zu kaufen, das schien ihm erst mal wichtiger. Aber wie? Und zu welchem Preis?

Ein neuer Herbst bescherte wieder neue Schulen, neue Lehrer, neue Schwierigkeiten, richtiges Schreibpapier zu bekommen, wo nicht die Tinte sofort in alle Richtungen zerlief. Gutes altes Papier besaßen nur wenige.

Ich zählte nicht zu den guten Schülern, auch nicht zu den schlechten. Mich führte man in der großen grauen Herde der Mittelmäßigen, die sich treiben ließen. Die meisten meiner Noten hießen drei und vier, die Fünf war selten. Eine Sechs gab's nicht mehr. Abgeschafft durch die Schulverwaltung. Sie sei überflüssig.

Schulaufgaben versah ich dürftig, nur nach Laune, und meine Mutter, die ja keine lateinischen, sondern altdeutsche, spitz verlaufende Buchstaben in ihrer Kindheit gelernt hatte, fühlte sich einfach überfordert, meine "Leistungen" oder Fehlleistungen richtig zu bewerten. Manchmal fragte sie mich, ob ich denn schon alles erledigt hätte für die Schule, doch sie sah nichts in den Heften nach.

Öfter bot sich ein willkommener, wenngleich eigentlich

verfluchter Grund für das Ausbleiben von schulischen Leistungen: "Wir hatten gestern drei Stunden Stromsperre." Die Zahl der Stunden ließ sich glücklicherweise persönlich verändern, denn die Abschaltungen verliefen nicht flächendeckend im ganzen Einzugsgebiet der Schule. Wohl dem, dem gute Ausreden einfielen.

Der Hinweise, jeden Strohhalm auf den Kornfeldern zu bergen, jedes Grasbüschel in den und an den Chausseegräben abzusicheln für Kaninchen und anderes Kleinvieh, bedurfte es nicht. Die Nachmittage galten fast ausschließlich der Ernte irgendwo am Stadtrand, der Ernte von Mohn, Kartoffeln oder Rüben. Wer ein paar Handvoll reifer Körner aus den Rispen gerieben und sie von Spelzen gereinigt hatte, konnte sogar bei manchem Bäcker Getreide gegen Brötchen umtauschen. Graue. Weiße habe ich in jenen Jahren nie gesehen.

Die auf dem Lande trieb das Abgabesoll um, ansonsten bestimmten sie bei "freien Spitzen" die Preise selbst. Am liebsten tauschten sie gleich direkt gegen Industriewaren ein. Die ausgehungerten Städter tauschten gern gegen Butter, Eier, Fleisch und Speck. Mancher gierte nach Zigaretten. In der Unterstadt gingen sogenannte "Kippensammler" um. Sie lasen auf Bürgersteigen, an Haltestellen und bei Parkbänken weggeworfene Kippen, dröselten sie auf und drehten sich aus den Resten mittels Zigarettenpapier neue Stäbchen zurecht.

Igitt! Wussten sie nicht, dass sich darin die höchsten Teer- und Nikotinkonzentrationen befanden?

Klüger handelten die Kleinstanbauer von Tabak wie Onkel Hermann, der in seinem Kleingarten fast immer mit dem Trocknen und Zerschneiden von Tabakblättern eigener Ernte beschäftigt war. Hilf dir selbst, so hilft dir Gott.

Vater kehrt heim - ein fremder Mann

Eines schönen Herbsttages 1946 stand ein fremder Mann in der Tür des Wohnzimmers, unrasiert, stumm, abwartend. Mutter hatte mich von nebenan, vom Schlafzimmer, herbeigerufen. Nach einer Weile: "Das ist Vater. Freust du dich nicht?" fragte sie leise.

Ich blieb stumm, ging zögernd auf ihn zu, gab ihm die Hand. Was sollte ich schon sagen?

"Er ist aus der Gefangenschaft entlassen worden. Vor ein paar Tagen." Wirklich, ich konnte mich nicht freuen. Vielleicht lag`s nur daran, dass er so mager im Gesicht aussah. So ausgehungert. Er strich mir übers Haar. Stumm. Den Eindruck, den er auf mich und Mutter gemacht hatte, suchte er gleich zu verscheuchen, indem er eine Butterdose auspackte aus einem Beutel und die Butter darin vorwies. Mutter roch daran und sagte leise: " 'en bisschen ranzig, Alwin, aber macht nichts, damit können wir was braten."

Vom englischen Kriegsgefangenenlager erzählte er vor meinen Ohren nichts.

Hatte ihn der kühle Empfang gewarnt? Und was versteht denn ein Achtjähriger vom Heimweh eines Dreiundfünfzigjährigen?

Vielleicht hatte er es sich für später aufheben wollen. Vielleicht fürchtete er, mich damit zu erschrecken. Vielleicht gab es auch andere Gründe. Nun musste er sich hier, zurückgekommen in ein Land voller Trümmer, Elend und Not, erst einmal zurechtfinden. Tagelang ging er in der Stadt herum, nachzufragen nach Arbeit, ehemalige Arbeitskollegen zu suchen, irgendetwas gegen irgendetwas Essbares zu tauschen oder sich in Warteschlangen auf Ämtern einzureihen. Stumm begrub er seinen Groll auf alles in sich selbst.

Einmal leuchtete sein Gesicht kurz auf, als er ein nordisch aussehendes Mitbringsel auspackte - für mich: einen ledernen, runden Fischerhut und einen ebenso ledernen, mantelartigen Umhang, als Regenschutz zu tragen. Wie sich gleich herausstellte, waren Hut und Umhang viel zu groß für mich. Für einen Moment löste das Heiterkeit aus, und die Stücke verschwanden sofort im Schrank. Du musst noch etwas wachsen, Kleiner.

Ein harter Winter kündigte sich an. Die Kohlen, auf Bezugsschein natürlich und möglichst selbst mit Handwagen abzuholen, reichten nicht. Es kursierten Geheimtips, wo und wie man am besten klauen könnte, ohne bemerkt zu werden. Meine Mutter mochte mich in die Dunkelheit nicht losschicken. Wieder neue Stromsperren, und wieder schlossen tageweise die Schulen, weil die Kohlen fehlten. Sogenannte "Wärmehallen" wurden in der Stadt zum stundenweisen Durchwärme-Aufenthalt geöffnet. Meist in öffentlichen Gebäuden, die ohnehin beheizt werden mussten. Zum Beispiel Unter den Weiden, Rat der Stadt, oder im Marie-Hauptmann-Stift am Torteich. Das ging natürlich nur am Tage. Und in der Nacht?

Wohl dem, der genügend Federbetten und Wolldecken besaß. Für die Zeit der Stromsperren konnte man in Drogerien flache, runde Talgdosen kaufen. Große Haushaltskerzen gab es schon seltener, weil, wie es hieß, "Hamsterer" zu viel Vorrat aufgekauft hätten, um davon Etliches teurer weiter zu verkaufen.

Ein sehr harter Winter zog ins Land, ein nahezu russischer Winter mit 25 bis 30 Minusgraden. In unserer Wohnung zierten dicke Eisblumen die Fenster. Vater durchstreifte Trümmer und Tand-Ecken nach Brennbarem. Manch altes, ausrangiertes Möbelstück, das im Keller lagerte, geriet unter die Hiebe einer Axt. An einen Weihnachtsbaum war überhaupt nicht zu denken. Es bedeutete unvorstellbaren Luxus. Ein warmes Zimmer, ein paar gute Handschuhe oder Fäustlinge, eine warme Suppe, ein paar gute Scheite Holz, das waren die begehrtesten Geschenke dieses Winters.

Proppenvoll, ob im Sommer oder Winter, boten sich die noch intakten oder neu eingerichteten Kinos der Stadt dar. Die Leute lechzten nach Kinofilmen, als bräuchten sie das Flimmererlebnis wie Essen und Trinken, zur Befriedigung einer Sehnsucht, oder für die Gewissheit, dass es noch eine andere, eine heile Welt geben muss, eine Welt, die lebenswert sein könnte.

Weiß der Kuckuck, ich bin nie so häufig ins Kino gegangen wie in den ersten Nachkriegsjahren. Gegangen ist schon halb gelogen, ich habe mich, begünstigt durch meine rumpelstilzige Kleinheit, ohne Eintrittskarte, zwischen und unterhalb widerstreitender Ellenbogenrangeleien im Einlassbereich, auch regelrecht unter Röcken und Mänteln hindurchgeschmuggelt in Erwachsenenvorstellungen des späten Nachmittags.

Ob nun "Wiener Blut", "Fledermaus", "Maske in Blau" oder "Die Steinerne Blume", ob "Der Mann mit dem Gewehr", "Matrosen von Kronstadt" oder "Die Kinder des Kapitäns Grant", ich wollte möglichst alles sehen. Kino war für mich das Abenteuer schlechthin, und das Erstaunlichste daran: In dem riesigen "Volksgarten"-Saal nahe dem Weg zum Bullerberg eroberte ich auf jene Weise fast immer einen noch unbesetzten Platz. Sonntags, zugegeben, zahlte ich, wenn ich ein paar Groschen bekommen hatte, manchmal auch artig meinen Eintritt. Für Kinder 30 oder 50 Pfennig. Vor-Film kostete Aufschlag. Manche Filme nach russischen Märchen sah ich mir mehrmals an.

In diese Zeit der "Volksgarten"-Besuche fiel eine unscheinbare Begegnung mit im Freien lagernden russischen Soldaten. Kann sein, das war für sie eine ganz gewöhnliche Marschpause. Sie saßen oder lagen verstreut auf dem grasbewachsenen Rand des großen Vorplatzes und sangen innig ein Lied, das mich seltsam ergriff. Es muss die Melodie gewesen sein, die so auf mich wirkte. Einer sang kräftig voraus, und dann fielen alle ein. Das merkwürdige An- und Abschwellen der Stimmen berührte mich, und ich hörte große Sehnsucht nach einer weit entfernten Heimat heraus. "Durchs Gebirge, durch die Steppe zog unsre kühne Division..."

Ich verstand kein Wort russisch. Aber ich fühlte die Seele des Liedes. Es ist das, was man wohl kaum aus dem Gedächtnis verlieren kann, wohin einen das Schicksal auch treibt: das Lied. "Die Russkis" sangen ihre heimatlichen Lieder. Ich hörte ihre Traurigkeit und ihren Schmerz, ihre Sehnsucht und ihre Fröhlichkeit. Und ich bewahre dieses kleine Erlebnis in mir.

Das Frühjahrshochwasser 1947

Der härteste Winter muss dem Frühling weichen. Etwa Mitte März 1947 setzte jäh Tauwetter ein, das verheerende Folgen hatte. Die riesigen Schneemassen des Oberharzes und des gesamten Harzvorlandes verwandelten sich binnen Stunden in reißende Bäche und Flüsse. Die sonst so zahme Holtemme trat über ihre Ufer, die Flutgräben längs der Braunschweiger Straße, der Sternstraße und des Burchardiangers vermochten die Wasser nicht zu fassen.

Bald standen Wege und Gärten, Grundstücke und Keller rings um den Burchardianger unter Wasser. Das Haus, in dem wir wohnten, wurde umspült. Das wenige Brennholz schwamm im Kellerverschlag etwa einen Meter über dem Boden. Stiefel besaßen wir nicht. Was nun?

An Schule war nicht einmal zu denken. Meinen Vater trieb's aus irgendeinem Grunde, er war in letzter Zeit immer schweigsamer geworden, hinaus in die Stadt. Davon wollte Mutter ihn eigentlich abhalten, schaffte es aber nicht, ihn zum Abwarten zu bewegen. Bei dem eiskalten Schmelzwasser, das kniehoch an unserem Hause vorbeigurgelte, hole er sich den Tod, bangte sie. Er beharrte darauf zu gehen.

Ich lag im Schlafzimmer im Bett, mich warm zu halten. Plötzlich forderte Vater mich auf, ihm in den Mantel zu helfen. Als ich ihn ansah, erfasste mich ein unbeschreibliches Entsetzen: Tief eingefallene Wangen ließen mich in ihm eine Märchengestalt, den "Gevatter Tod", erblicken, dem man besser ausweichen sollte, und ich schrie vor Angst, schrie: "Nein!"

Das erzürnte ihn erst recht und er drohte, während ich mich schützend hinter den Metallstäben meines Bettes verschanzt hatte, mich zu holen und so die erbetene Hilfe zu erzwingen. Wieder schrie ich ein "Nein!", denn mit dem Tod wollte ich nichts zu tun haben, worauf dann endlich meine Mutter aus dem Wohnzimmer herbeieilte und Vater half, in den Mantel zu kommen. Immer noch klammerte ich mich mit angstverzerrtem Gesicht an das Bett. Meine Barrikade gegen den Tod. Momente, die man sein Leben lang nicht vergisst. Ich hatte so riesige Angst vor dem Knochenmann. Ihm fehlte nur die Sense.

Auf seinem ertrotzten Stadtgang erkältete sich Vater schwer und musste auch tagsüber im Bett liegen. Mit immer höherem Fieber. Wegen Ansteckungsgefahr sollte ich im Wohnzimmer schlafen. Arzneien, Tees, Umschläge, nichts konnte mehr helfen.

Am 29. oder 30. März 1947 starb er - noch nicht vierundfünfzigjährig. An Hungertyphus, wie man sagte. Doch es war, das ging mir später auf, nur die halbe Wahrheit. Er starb als eines der späten Opfer eines Krieges, in den er hineinkommandiert worden war.

Eine Trauerfeier gab es nicht. Der Leichnam wurde in ein Krematorium nach Quedlinburg überführt. Wo und wie dann die Asche bestattet wurde, habe ich nie erfahren. Die Großeltern und meine Mutter wollten darüber nicht sprechen. Die Sekunden meines Ungehorsams aus Todesangst schienen zu frisch zu sein, und mich hatte der

Tod eher von einem Druck und einem Schuldgefühl befreit als dass ich den Verlust des Menschen, der mir so fremd geworden war, betrauert hätte.

Das Hochwasser aus dem Oberharz flachte ab. Die Bewohner vom Rande der Stadt begannen, die verschlammten Keller zu entleeren, auf dass sie austrockneten, und zu retten, was halbwegs zu retten war an Wertsachen.

In dieser Zeit fing meine Mutter an, etliche Möbel aus der Wohnungseinrichtung zu verkaufen. Sie brauchte dringend Geld. Wie konnte ich wissen, was so ein Tod kostet? Wahrscheinlich hatte mein Vater nichts an Ersparnissen hinterlassen. Und nun die Sonderausgaben. Sollte sie wieder und wieder betteln gehen?

Großmutter Anna sah die Ausdünnung des Haushalts mit misstrauischen Blicken. Und mit Missbilligung. Dann war es eines Tages so weit: Wir zogen um in die Huystraße 8. Die Wohnung: ein einziges großes Zimmer mit Blick auf die Straße.

Mir war es nur recht. So wohnte ich näher am Menschenstrudel der Unterstadt, näher an Oma Anna, näher am Abenteuer verheißenden "Volksgarten"-Kino, näher an der Schule. Vermutlich wollte Mutter durch den Umzug die Ausgaben für Miete und Strom verringern. Lebensmittel wurden teurer, besonders auf dem sogenannten "Schwarzmarkt", und wer schon kam ohne Schwarzmarktkäufe, wenngleich verboten, aus?

In dieser Zeit besuchte ich die Grundschule an der Hospitalstraße/Bleichstraße. Ein riesiges Gebäude mit hohen Klassenräumen. Die Schülerzahlen lagen bei etwa 40 pro Klasse. Das war normal. Ich ging in eine vierte Klasse, hatte aber schon mindestens fünf Schulgebäude und über ein Dutzend Klassenlehrer kennen gelernt. Noten scherten mich wenig, mir war nur daran gelegen, möglichst in kein Handgemenge, in keine Prügelei zu geraten, denn da hätte ich immer den kürzeren gezogen und hätte wohl obendrein meiner Mutter zusätzlich Sorgen gemacht mit zerrissenen Sachen. Nicht auffallen, überall durchschlüpfen, darauf kam es an.

Großmutter Anna und Opa Albert blieb nicht verborgen, dass meine Hosen, Hemden und Strümpfe immer fadenscheiniger wurden. Auch die Sauberkeit, fanden sie, ließe zu wünschen übrig.

Ob sie den Jungen vernachlässigt? Auf Männersuche ist? In den Großeltern ging die Sorge um: Wenn Heinz, der Älteste, aufs Gymnasium geht, kann man da den Jüngsten in ein ungewisses Schicksal treiben lassen?

So etwa müssen die Gedanken der besorgten Zimmermanns gewesen sein, wenn wir sie in der Gröperstraße 41 besucht hatten - und auch schon vorher. Ich ahnte nicht im geringsten, dass sie an meinem Schicksal bastelten. Ihnen missfiel vielleicht auch, dass ihre Ziehtochter Herta den kleinen Werner zu allen möglichen Frauen- und Männerbekanntschaften mitnahm, womöglich zu "Zigeunern und Landstreichern", die auf Strohsäcken schlafen und die fast immer Ungeziefer mit sich herumschleppen. Vermutlich.

Ja, es stimmte, meine Mutter mochte die Einsamkeit nicht. Sie suchte Gesellschaft und ein bisschen Fröhlichkeit, Aufenthalte, wo sie Neues erfuhr, vielleicht gar eine Hilfe sein konnte, wo sie eintauschen konnte gegen dies und das und wo sie nicht ständig Ermahnungen von Ziehmutter Anna anhören musste.

Eine Frau von neununddreißig, hat sie nicht auch Wünsche, Sehnsüchte?

Heute verstehe ich meine Mutter ganz gut. Sie hatte so viel verloren. Sollte sie nun auch noch auf Liebe und Wärme verzichten?

Eines Tages passierte es dann: Oma Anna - oder war es gar Opa Albert? - entdeckte in ihrer "guten Stube" einen Floh. Entsetzen! Kurz zuvor waren wir bei Oma gewesen. Na, da haben wir's ja, wo Herta'n sich überall rumtreibt - kein Wunder!

Das mochten letzte Tropfen des überlaufenden Unmuts gewesen sein. Entscheidendes musste geschehen. Nach Meinung der Altvorderen.

Was sie mit Mutter vorbesprochen hatten in meiner Abwesenheit, blieb mir verborgen.

Eines schönen Tages, es lag noch Schnee am Stadtrand und auf den Feldern, kamen sie in die Huystraße und meinten, es sei wirklich, wirklich besser für mich, mal "vorübergehend" in ein Kinderheim aufgenommen zu werden, bis meine Mutter eine ordentliche Anstellung und einen ordentlichen Haushalt in die Wege geleitet hätte. Und im übrigen müsste ich in der Schule deutlich besser werden ("Der Junge hat ja nur Dreien und Vieren"), und das ginge nur durch ständige Kontrolle und Anleitung durch ausgebildete Erzieherinnen.

Der Ton klang sehr sanft. Oma Anna war eine herzensgute Frau. Sie wollte nicht, dass ich mich verängstigt quer legte, vielleicht trotzte.

Mutter nahm es lautlos hin. Alles verlief friedlich. Weder sträubte ich mich gegen eine solche Expedition ins völlig Unbekannte noch hörte ich ein Wort mütterlichen Widerstands. Was mochte sie aber gefühlt haben?

Möglich, dass sie in der Wegnahme eine Chance sah, mit sich selbst ins Reine zu kommen, neu anzufangen. Vielleicht einen neuen Partner zu finden. Es war kein herzzerreißender Abschied. Es hieß: "Wir sehen uns ja bald wieder. Tschüs!"

Das war am 1. März 1948.

Die Villa Vor der Klus1

An diesem Tag hatte ich keinen besonderen Blick für den breiten, zum beliebten Ausflugsziel "Felsenkeller" führenden Sandweg, der links von hohen Pappeln an einem großen Gartengrundstück gesäumt wurde. Ich war mit mir selbst beschäftigt, mit dem, was da kommen würde.

Oma Anna und Mutter stellten mich einer blonden Frau in mittlerem Alter vor, erklärten ihr, welche Habseligkeiten ich mitführe, in welche Schule ich gehe und dass ich ab und an doch mal die Gelegenheit erhalten sollte, die Angehörigen zu besuchen. Wenn ich mich etwas eingelebt hätte.

Ein ungutes Gefühl, denn im Februar 1948 hatte ich im Halbjahreszeugnis überwiegend Dreien und Vieren heim tragen müssen.

Und was heißt einleben? Heißt es, sich in der neuen Umgebung zurechtfinden und mit allen gut auskommen?

Drei Tage dauerte es, bis ich das mit runden Stäben umgebene Kleinkinderbett, in das man mich einquartiert hatte, weil es keine größeren Betten gab, wieder verlassen durfte. Meine Sachen waren zu waschen, zu stopfen und zu flicken.

In einem großen Schlafsaal im Erdgeschoss, der später zum großen Esssaal wurde, übrigens von allerfeinstem Parkettfußboden, sah ich Drei- bis Fünfjährige. Ein Hauch von Palast. Ein Kleinkindergarten. Und früher?

Wie ich viel später erfuhr, hatte die Nobelvilla bis kurz nach dem Kriegsende einem mit dem NS-System Verbandelten gehört, und der wurde kurzerhand enteignet, wie landesweit in ähnlichen Fällen. Die Stadtverwaltung fand die Villa ideal, um einen Kindergarten einzurichten. Das Beste für die Jüngsten.

Ruth Loose, der Leiterin, stand in ihrem Ehemann Reinhold ein wirtschafts- und finanzerfahrener Partner zur

Seite. Beide waren schon 1947 in die Villa gezogen und hatten dort die nötigsten Reparaturarbeiten veranlasst oder selbst ausgeführt. Die bisher aufgenommenen Kinder stammten überwiegend aus ungeordneten Familienverhältnissen oder waren durch Krieg oder Flucht elternlos geworden.

Die Villa erschien mir geheimnisvoll, etwas Kostbares. Über eine breite, mehrstufige Steintreppe gelangte der Eintretende zur im Mittelteil verglasten, durchsichtigen Haustür. Ließ man ihn ein, betrat er einen gekachelten Windfang, der dem Empfang diente, und gelangte rechter Hand in einen Nebenraum zum Ablegen der Garderobe.

Links vom Windfang führte eine Verbindung zur Küche. Ging man jedoch geradewegs durch den Windfang weiter ins Haus, so betrat man eine mit glänzendem Parkett, mit Blumenvasen und einem runden Tisch ausgestattete Diele. Sie erhielt durch ein rechts dezent plaziertes Harmonium und geschmackvolle Lampen einen soliden, festlichen Eindruck.

Von der Mitte der Diele aus gelangte man in den großen Speisesaal. Der vormalige Eigentümer hatte hier wahrscheinlich Feste gefeiert oder Empfänge gegeben.

Rechts des Saales schlossen sich ein Wintergarten und ein kleinerer Raum, abgetrennt durch eine zweigeteilte Glas-Schiebetür, an.

Prunkstück des Saales aber bildete ein nahezu vier Meter langes, nach oben aufdrückbares Fenster, das den Blick auf eine Wiese und eine das Grundstück abschirmende, zwei Meter hohe, starke Mauer freigab. Die Mauer grenzte das Villengrundstück hin zur "Klus", den Klusbergen im Süden der Stadt, ab.

Die Erdgeschossdiele fand ihre repräsentative Verlängerung in einer sich hinter dem Haus anschließenden, nach unten führenden Veranda mit Freitreppe. Über sie gelangte man zu einem Schwimmbassin - oder zu lockeren Strauchgruppen, die die Wiese umsäumten.

Von der Diele aus führte eine breite, nach links ausschwingende Holztreppe zur ersten Etage, die zum Betreten der zweiten, allerdings nur halb so großen oberen Diele einlud. Von hier führten Wege zu einzelnen Schlafzimmern - und einer zum enorm großen Balkon. Seine Fläche maß mindestens die Hälfte der des darunter befindlichen Speisesaals. Außerdem schloss sich zur Vorderseite des Hauses hin ein großer Wasch- und Duschraum an, voll gekachelt und mit offener Duschecke, mit Toilette und herrlichem Blick auf Birnbäume.

Schließlich führte von der oberen Diele eine etwas schmalere und auch steilere Treppe zu Mansardenräumen. Hier wohnte die Familie Loose. Unterm Dach juchhe, unterm Dach juchhe!

Einer der Mansardenräume diente längere Zeit als Näh- und Flickstube.

Wer vormals ein solches Haus sein eigen nennen konnte, musste entweder Millionär oder in einer sehr exponierten politischen Stellung sein.

Die Villa wurde von einem im Keller installierten Zentralofen her durch Wasser erwärmt, darum schlossen sich ein Kohlebunker und eine Garage als Kohlenlagerräume dem eigentlichen Heizzentrum an.

Im Kellergeschoss befanden sich noch eine Kleiderkammer, ein Raum mit Waschkesseln und eine größere Speisekammer. Daneben konnte man, falls eingelagerte Kartoffeln gebraucht wurden, nach Öffnung einer schweren verriegelten Stahltür in einen tiefer gelegenen, bombensicheren Bunker gelangen.

Mir Zehnjährigem erschien das Haus als etwas Merkwürdiges, höchst Geheimnisvolles, das sich nur zögernd erschloss. Dass ich hier einmal acht Jahre leben würde, ahnte ich nicht im Entferntesten.

Für drei Wochen war ich "Heimältester". Herausgehoben durch den täglichen Gang zur Schule, zur Promenade nahe dem Torteich, ein nun leider sehr langer Weg.

Denselben Weg, wenngleich zu einer anderen Klasse und mit anderem Stundenplan, musste Rolf-Reinhart Loose zurücklegen. Er war drei Monate jünger, von Wuchs kräftiger und nicht so verschlossen wie ich und er lebte in einer vollständigen Familie, mit Vater und Mutter und den jüngeren Brüdern Rüdiger (6) und Reimer (3).

Den einstündigen Weg trippelten und schlenderten wir meist, wenn sich die Gelegenheit bot, gemeinsam auf Schusters Rappen, teils auch per Straßenbahn, falls es das Wetter erforderte. Sehr gut fand ich, dass endlich meine Hausaufgaben kontrolliert wurden, entweder von Herrn Loose oder von Tante Käthe oder Tante Ilse. Manchen Text, manche Rechenaufgabe schrieb ich ein zweites oder drittes Mal, doch das lohnte sich. In einigen Fächern erntete ich Einsen und Zweien, und am Ende der vierten Klasse, im Sommer 1948, hatte ich auf dem Zeugnis keine einzige Vier mehr, dafür aber drei Einsen.

Die Kontrolle war das Eine. Vielleicht war es aber auch ein völlig neues Lebensgefühl. Und das kam mit den Ostpreußen.

Auf einmal standen sie vor der Villa, am 22. März. Etwa zwei Dutzend Mädchen und Jungen zwischen sieben und fünfzehn aus Röderhof hinter dem Huy.

Die meisten hatten schon einige Durchgangslager und Heime hinter sich, waren aufgelesen worden, elternlos, aus Flüchtlingstrecks, die aus dem Osten kamen. Obgleich der zentrale deutsche Kindersuchdienst, der stets vor den Filmvorführungen im Vorspann lief, manche Familien zusammengeführt hatte, gab es noch Hunderttausende, die einander suchten.

Mit ihren 35 in den besten Jahren, sah Ruth Loose die Herausforderung ihres Lebens: Kindern eine neue Heimat zu schaffen. Ein neues Zuhause, wo man Wurzeln schlagen kann - vorausgesetzt, die Ankömmlinge würden nicht morgen schon von leiblichen Eltern oder Verwandten in alte oder neue Obhut genommen.

Die Vorschulkinder, die bisher in der Villa Vor der Klus 1 gelebt hatten, übernahm ein anderes Kinderheim im Landkreis Halberstadt. Die Kleinkindbetten mit den runden Holzstäben verschwanden. Aufgestellt wurden jetzt Doppelstockbetten, erst aus Holz, dann aus Leichtmetall. Aluminium.

Weiß der Teufel, wo Herr Loose die her hatte, er besaß als ehemaliger Finanzfachmann eine besondere Gabe für Organisation. Erklärte, wie man exakt ein Bett "baut", feuerte vor Tag die Zentralheizung im Keller an, bestellte per Telefon die Kohlen für Monate im voraus, holte Milch von der Molkerei, machte verstopfte Toiletten wieder gängig und zeigte, wie man die Schuhe richtig pflegt.

An manchem Abend, wenn es seine Zeit zuließ, setzte er sich auf einen Schemel in die obere Diele und spielte sehr kunstvoll klassische Gitarrenmusik oder Volkslieder wie "Buko von Halberstadt, schenk doch unserm Kinneken wat!" - Ein Schlaflied.

Ich fühlte mich wohl, dass ich den Vorzug genoss, mitten unter den Ostpreußen schlafen zu dürfen. Denn, mag man es auch für übertrieben halten, die nun einsetzenden abendlichen Schwätzchen, Kuriositäten, Phantasien, Angebereien, Witze und ausgeheckten Streiche, die erst verstummten, wenn der diensthabende Erzieher zum vierten oder fünften Male unwirsch "Jetzt ist aber absolute Stille!" gerufen hatte, die wurden zu Quellen meiner Sub-Bildung, die keine Schule vermitteln kann.

Immer schwammen da russische Brocken mit im Redefluss, die ich allmählich erahnte wie "Kapusta essen", "Kascha", "Chleb" und "Ljub twaju matj!"

Stärkster und Ältester der Neuen war Siegfried Bodlin. Er hatte einen erheblich jüngeren Bruder: Erhard. Baßstimmen - beide. Immer hungrig wie die Wölfe, suchten sie die Nähe zur Küche, boten ihre Hilfe an, immer ehrlich, natürlich aber in der Hoffnung auf einen Zusatzhappen.

An weiteren Ostpreußen sind mir erinnerlich: Horst

Pehlke, Hansgeorg Meyer, Erich, Herbert und Edith Passenheim. Herbert Passenheim verspottete gern die "Fischköppe", die an der Ostsee nahe Königsberg geboren waren, während er sich, als "Landratte", als etwas Besseres darzustellen suchte. Nur aus Jux, um die anderen zu ärgern. Sie gaben's mit russischen Flüchen zurück.

Da konnte ich nicht mithalten, das war für mich eine fremde Welt. Eine Welt voller kleinerer und größerer Diebereien, um sich und den Geschwistern ein bißchen Essen zu verschaffen, voller Schießereien, Flucht, Verstecken und Übernachten neben Toten. Mir stand der Mund offen, abends im Dunkel, im metallenen Unterbett.

Manchmal kam in ihren Erzählungen auch so etwas wie Liebe und Vergewaltigung vor, und Herbert oder Siegfried entfuhr dabei als stehende Redewendung: "Ljub twaju matj!" Wobei ich nicht recht wusste, war`s ein saftiger Fluch wie "Verflixtnochmal!" oder eine gefährliche Drohung.

Zufällig wurde Frau Loose einmal Ohrenzeuge der Kraftmeierei, da verbot sie solche Wendungen. "Das gehört sich nicht für einen zivilisierten Menschen", sagte sie ganz unaufgeregt und bat, künftig solche Worte nicht zu benutzen. Das wirkte wundersam.

Ruth Loose beeindruckte alle Ostpreußen, deren Umgangston verwildert war. Eine schöne Frau mit strengem Gesicht, sehr lebhaften blauen Augen, die auf den Grund der Seele schauen konnten, die nicht herumschrie, sondern durch ihre Ruhe eine ungeahnte Festigkeit ausstrahlte. Das war ihnen noch nicht begegnet. Die sanfte Stimme empfanden sie offenbar im Vergleich zu Bisherigem als ungewöhnlich. Was Frau Loose sagte, war gut überlegt. Gerecht.

Manchmal, wenn sich am Morgen sie und ihr Mann im Speisesaal oder auf der Diele begegneten, gaben sie einander ein Küsschen. Sie verbargen ihre Gefühle nicht. Sie lebten einen Teil ihrer Zärtlichkeit aus.

Eines Abends baten sie uns, im Kreis sich auf das Parkett des großen Saales zu setzen. Jeder konnte fast jedem in die Augen sehen. "Wir stellen uns einander vor." Jeder erzählte, was er von seinem Leben erzählenswert hielt. Woher er kam und warum er hier war. Was er von seinen Eltern wusste oder auch nicht wusste.

Dann erzählte Frau Loose, wie sie in ihrer Lyzeumszeit bei den Unternehmungen der "Wandervögel" ihren Reinhold kennen lernte, der damals die Realschule besuchte, wie wunderbar das Wandern und Zelten ist und was man von der Natur spielerisch nebenbei und überhaupt lernen kann. Wenn man Augen dafür hat!

Und welche Freude erst das Singen macht! Kennt ihr auch das Lied "Zogen einst fünf wilde Schwäne..."? Sie nahm ihre Gitarre und zupfte die Melodie an, und wirklich, einige sangen sofort mit, andere zaghaft und unsicher. Frau Loose sprach den Text vor, darauf fielen die meisten Stimmen ein. Den Ostpreußen war zumute, als sei plötzlich ein Stück Heimat im Saale. Gemeinsames Singen verbindet, sei es im Guten, sei es im Unguten.

Seit jenem Tag lernten wir jede Woche ein oder zwei neue Lieder hinzu. Das Beliebteste war das mit dem kürzesten Text: "Wachet auf, wachet auf, es krähte der Hahn..." Der Kanon wurde zum ersten "Hit" des Morgenkreises vor dem Frühstück.

Vater Alwin Voigt (1893 - 1947),
Aufnahme etwa 1943

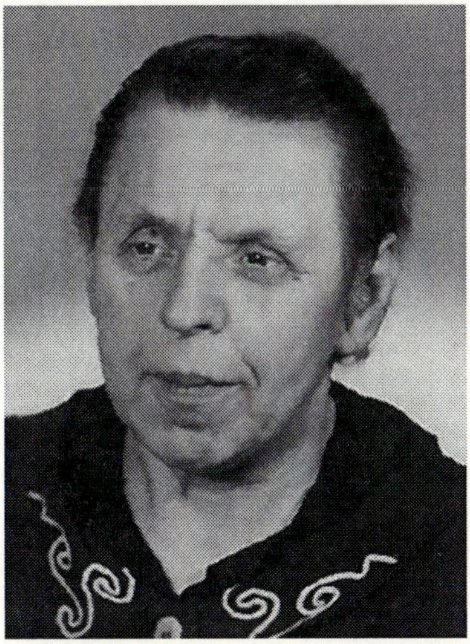

Mutter Herta Voigt, geb. Wilke
(1908 - 1984), 50er Jahre

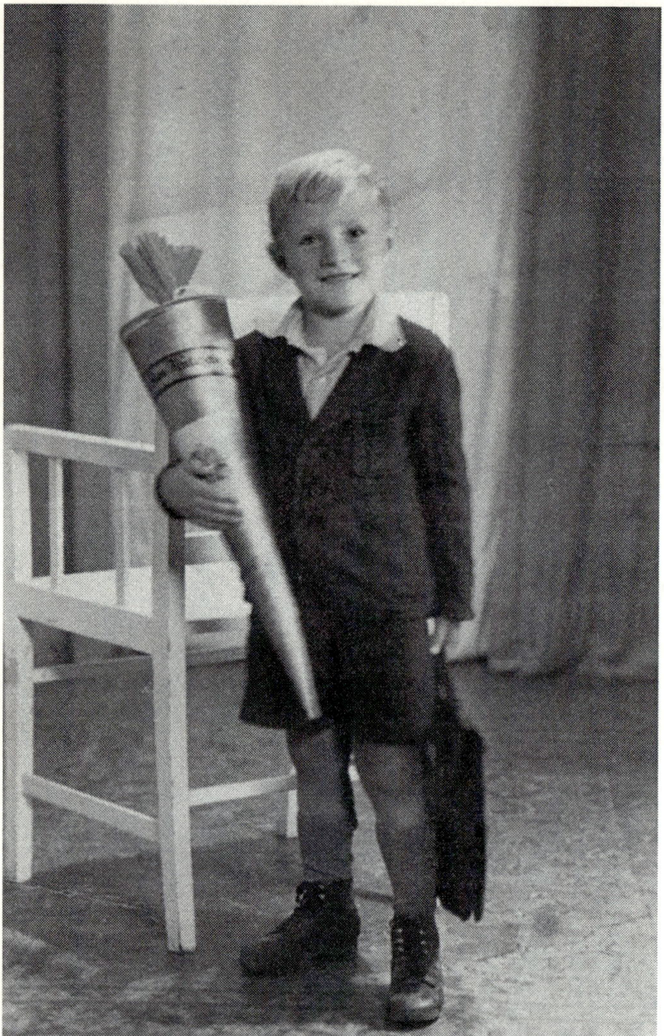

Werner Voigt, Einschulung September 1944

Inge, Heinz und Werner Voigt (v. l. n. r.), 1947

Oma Anna Zimmermann (1877 - 1963), 1.v.l., und ihre Schwestern Ida Sandner (unten 1.v.r.) und Hedwig Oertelt (hinten Mitte) sowie Hermann Oertelt (stehend 1.v.l.), Aufnahme 50er Jahre

Maschinenstrickerei

Albert Zimmermann

(19b) **Halberstadt**

Postscheckkonto Magdeburg 27081
Bankkonto: Bank für Handwerk und Gewerbe
e. G. m. b. H., Halberstadt, Konto Nr. 7522
Betr. Nr. 64/316/5192

Geschäftsdresse A. Zimmermann, nach 1945

Ruth Loose, "Mutti Ruth" (1913 - 1981),
Aufnahme etwa 1950

Hans- Hermann Kurig (1914 - 2002),
Organist, Komponist, Kantor, Gründer des Michael-Praetorius-Chores,1949

Marx-Engels-Grundschule, heute Gleim-Schule, Aufnahme 1998

Villa Vor der Klus 1, von hinten, etwa 1952

Kinderheim Vor der Klus, Vorderansicht, 1969

Heimchor nach einem Auftritt,
rechts außen Reinhold Loose neben Ruth Loose, etwa 1953

Käthe-Kollwitz-Oberschule, später EOS, Mitte der 50er Jahre

Pionierchor des Kinderheims "A. S. Makarenko", dirigiert von Rolf-Reinhart Loose (1938-1998). In der 1. Reihe 1. v. r. Werner Voigt, etwa 1953/ 54

März - Dezember 1948

Mein zehnter Geburtstag

Ein Junitag. Der sechste. Mein Geburtstag. Was sollte da schon Besonderes sein. Früh verlief alles normal, wegen des Frühstücks, das sehr zügig ablaufen musste. "Wir feiern heute nachmittag hier im Saal", sagte Frau Loose nach dem Morgenlied. Ich maß dem Tag keine Bedeutung bei. Überhaupt nicht. An meine zurückliegenden Geburtstage konnte ich mich nicht erinnern, sie ragten durch keinerlei Zeremonie heraus.

Am Nachmittag hallte der Gong, der in der unteren Diele hing, durch das Haus. Das hieß: Alle sammeln sich im Speisesaal oder vor diesem. Die Tische und Stühle hatten Erzieherinnen schon vorsorglich beiseite geräumt, in den Hintergrund des Saales. Wir wurden aufgefordert, uns in einem großen Kreis, einander die Hände haltend, aufzustellen.

Frau Loose setzte sich an den Flügel nahe dem Riesenschiebefenster, schlug sacht zwei, drei Takte zur Einstimmung an. Ich musste an einem Tischchen innerhalb des Kreises Platz nehmen, wo eine brennende Kerze, ein kleines Geschenk (was es war, weiß ich nicht mehr) und eine große Porzellanschüssel sowie Blumen in einer Vase geschmackvoll platziert waren. Die Schüssel mit einem Tuch verhüllt.

Da saß ich nun ziemlich beklommen. Der ganze Saal sang plötzlich "Wir kommen all' und gratuli-hi-hieren unserm Werner zum Geburtstag heut'". Mir blieb etwas im Halse stecken, fühlte ich. Ringsum strahlende Gesichter, und ehe ich's recht begriff, traten zwei der kräftigsten Jungen, Siegfried Bodlin und Horst Pehlke, aus dem Kreis heraus und an mich heran, packten mich nach dem zweimaligen Absingen von "Hoch soll er leben, hoch soll er leben, dreimal..." links und rechts unter die Achseln und am Arm, stemmten mich, ebenfalls vergnüglich singend, fast bis zur Decke des Saales, als wollten sie ihre Muskelkraft vor aller Augen beweisen. Mir wurde doch etwas mulmig.

Die "Erhebungen" - Gott sei Dank! - haben die beiden abgefedert, ehe ich wieder auf dem Parkett landete.

Da stand ich dann, barfuss, wie alle anderen auch, denn das Schuhwerk musste für kältere Zeiten geschont werden, und etwas benommen. Nun ging ein Mädchen aus dem Kreis auf die Porzellanschüssel zu, nahm das Tuch ab und reichte mir die Schüssel voller bunter Bonbons strahlend vor die Brust, so daß ich wohl entgegennehmen musste. Frau Loose bemerkte vom Flügel her: "Jetzt darfst du, wenn du dir ein Lied gewünscht hast, das wir alle nur für dich singen, jedem etwas aus der Schüssel anbieten."

Ich wünschte mir - nein, es fiel mir vor Schreck und Überraschung kein Titel ein. Ich ging einfach auf den Nächstbesten im Kreise los, reichte die Schüssel mit den begehrten Bonbons dar, da setzte auch schon ein Singen ein, das mir plötzlich Tränen in die Augen trieb: "Wahre Freundschaft soll nicht wanken, wenn sie gleich entfernet ist, lebet fort auch in Gedanken..."

Die Singenden sahen mich mit großen, nicht verstehenden Augen an, als wollten sie fragen: Was hat er nur? Warum weint er denn?

Es waren Tränen der Freude.

Noch nie in meinem Leben hatten so viele Menschen für mich gesungen, nur für mich! Niemals war ich von meinesgleichen so erhoben worden, von so vielen, und nie zuvor durfte ich so viel verschenken an Süßigkeiten. Niemals hatte ich je erfahren, dass so viele sich mit mir freuten!

Sekunden, die ich nie, nie vergessen werde. Überwältigt von einem Gefühl, einer Erschütterung, die keiner begreifen kann von denen, die in einer harmonischen Familie aufgewachsen sind. Immer war ich allein, sehr allein gewesen. Als ich des Vaters bedurfte, war er in Hitlers Krieg oder in britischer Gefangenschaft. Jetzt fühlte ich mich als ein Beachteter, Geachteter.

Frau Loose wartete meinen Rundgang ab, ging auf mich zu und strich mir mit einer Hand über den Scheitel, und lächelnd bemerkte sie besänftigend: "Na, siehst du, so schlimm war's doch gar nicht." Darauf löste sich der Kreis der vielen Hände auf, und der übliche Tagesablauf wurde fortgesetzt, der Saal wieder in den alten Zustand gebracht. Schulaufgabenzeit!

Ach so, ein Geschenk? Es bestand früh und mittags aus einer doppelten Portion. Oder einem Nachschlag. Essen stand in höchster Gunst. Nicht, dass wir direkt hungerten. Aber immer und ewig meldete sich zwischen den Mahlzeiten ein gnadenloser Appetit. Kann sein, weil nicht wenige der Lebensmittel nur Ersatzlebensmittel waren. Und die Älteren der Mädchen und Jungen befanden sich an der Schwelle der Pubertät, und nicht zu unterschätzen sind auch das Gejachtere in den Wäldern hinter der Villa und die Indianer- und Fußballspiele.

Brüderschaft trinken

Ein üppig-samtener Sommer brach an. Ferien 1948. Auf die Noten der Zeugnisse, nach rund drei Monaten Schulbesuch und manchem Springen und Überspringen von Klassenstufen, gab man allseits nicht viel. Es hieß, man werde im nächsten Schuljahr ja bemerken, ob man vielleicht, falls man sich verschätzt hatte, diesen oder jenen zurückstufen muss.

Frau Loose sah sich die Blätter mit den Noten an, dachte sich wohl was und ließ es dabei bewenden.

Anderes, ganz anderes ging ihr offenbar durch den Sinn. An einem der frühen Abende, die sonst dem Fussball gehörten, draußen auf dem breiten Sandweg vor der Villa, sagte sie, ihre Gitarre schon in der Hand, in eine größere Gruppe von noch Unentschlossenen: "Wir wandern ein bisschen durch die Klus und singen uns in den Abend. Wer kommt mit?"

Sie ging voraus. Ein Pulk von Ostpreußen folgte langsam, auch ich. Rolf-Reinhart trug eine Tasche mit einem größeren Behältnis und etlichem Zubehör. Darüber sprach er nicht. Er war, ohne dass es sonderlich aufgefallen wäre, ein Geheimnis-Träger, hielt sich etwas abseits im Hintergrund.

Wir wanderten barfuss unter den mächtigen Kastanien hinter dem Heim, in östlicher Richtung an der Gartenanlage "An der Klus" vorbei, in Richtung Großer Klusfelsen. "Heute wollen wir das Ränzlein schnüren" und "Auf, du junger Wandersmann" und "Ein Jäger in Kurpfalz" und "Ännchen von Tharau ist's, die mir gefällt" - alles, was wir so drauf hatten an Volksliedern, schallte durch die Klus, die wahrscheinlich seit längerem nicht so viele fröhliche und traurige, lustige und scherzhafte Lieder gehört hatte. Die Ostpreußen sangen gern "Zogen einst fünf wilde Schwäne" und "Es dunkelt schon in der Heide".

Als wir mählich das östliche Ende des Waldes, jenseits des großen Klusfelsens, erreicht hatten, bedeutete uns Frau Loose, über das frisch geräumte Stoppelfeld hinaus auf eine kleine Waldinsel mitten im Acker zuzugehen. "Dort drüben machen wir ein wenig Rast." Das kleine Eiland inmitten des Feldes, mit Ausblick auf das nahe Dorf Harsleben, schien mir für einen Moment wie die Insel des Robinson Crusoe. Aber ich war ja nicht allein.

Auf mittlerer Anhöhe setzte sich Frau Loose ins Gras und lud alle Mädchen und Jungen mit einer Geste ein, sich ebenfalls locker zu lagern. "Horch, was kommt von draußen rein" und "Wenn alle Brünnlein fließen" - wieder fielen unsere Stimmen in einen Liedanfang ein. Und dann ein Schweigen rings. Vielleicht kam es aus der Erwartung, es müsse sich doch nun etwas ereignen, und sei's auch nur zur Labung.

"Wisst ihr, die alten Germanen hatten vor sehr, sehr langer Zeit ein Getränk, Met genannt, sich zurechtgemischt, wenn sie irgend etwas feiern wollten. Wir haben heute etwas Ähnliches mitgebracht. Warum? Wir wollen auf Brüderschaft trinken.

Längere Zeit habe ich darüber nachgedacht und finde, wenn ihr Frau Loose zu mir sagt, spüre ich zwischen euch und mir und mir und euch so etwas wie einen Abstand, wie eine Wand. Ich würde mich freuen, wenn ihr vielleicht zu mir 'Mutti Ruth' sagt. Ich möchte euch, wenn ihr es annehmt, wie eine Mutter sein, gerecht gegenüber jedermann. Wir wollen überhaupt wie eine große Familie sein, die zusammenhält, sich achtet und gegenseitig hilft.

Dass Rolf-Reinhart und Rüdiger keine Extrawürste gebraten kriegen, habt ihr schon beobachtet. Sie bekommen das gleiche Essen, ziehen die gleichen Sachen an, haben sich an die gleiche Ordnung zu halten. Ein Kind braucht eine Mutter, selbst wenn es nicht die leibliche Mutter ist. Aber eine Mutter braucht es."

Atemlose Stille in der Runde. Nachdenklichkeit. Schweifende Blicke in die Ferne. Ich bin ja nicht mutterlos. Was soll ich machen? Mich etwa ausschließen? Nein, sage ich mir, zwei sind besser als eine, und außerdem: Meine Mutter in der Huystraße hört's ja nicht.

Ruth Loose ließ sich die Met-Tasche reichen, hob einen Topf heraus und rührte mit einer kleinen Kelle die schon abgekühlte, süße Flüssigkeit um. Sie schöpfte in einen Becher eine Portion ein, kostete zur Probe, nickte wie zur

Bestätigung der Güte, teilte weitere kleine Becherchen aus. "Ab jetzt, wenn ihr einverstanden seid, sagt ihr nicht mehr 'Tante Ruth' oder 'Frau Loose', sondern einfach Mutti Ruth. Wer ist der Erste?"

Mutti Ruth schaute in die Runde, links, rechts, und da beugte sie sich schon zum ersten hin - war's Siegfried, war's Horst? Ich weiß es nicht mehr genau. Jeder, der bei der heimlichen Verschwörung willens war mitzumachen, hob den Becher zu einem kleinen Schluck, und wer gerade dran war, drückte wortlos seine metgesüßten Lippen Mutti Ruth auf den Mund, der natürlich meterfahren genug war, um zu kleben.

Mit dem Kuss willigten wir ein, einander wie Bruder und Schwester und Mutter zu betrachten. Die "heilige Handlung" vollzog sich wie ein Ritual. Himmel und Erde begannen zu dunkeln und es war geheimnisvoll. Ich glaube, ich war einer der letzten der Kusswilligen, nicht innerer Zweifel wegen, sondern weil ich am entferntesten saß.

Wahrlich, niemand in Halberstadt hat von dieser geheimen Küsserei etwas erfahren. Damals.

Ein Schweigen füllte mit einem Mal das Rund. Mutti Ruth griff mit ihren zarten Fingerspitzen in die Gitarrensaiten, und wir sangen uns in den nun stärker dämmernden Abend hinein, der Kühle heranwehte. "Ade nun zur guten Nacht" auf den Lippen - so schlenderten wir, irgendwie mehr in uns selbst versunken als auf die Natur um uns herum achtend, heimwärts.

Heimwärts in eine ganz neue Zeit einer großen Familie. Was wir erlebt hatten, ging nur uns selbst etwas an.

Herr Kurig sucht Stimmen für seinen Chor

Mutti Ruth kannte viele Halberstädter, die in Kirchen, Kreisämtern, in der Volksbildung oder im Kulturbund kulturell tätig waren. Eines späten Nachmittags begrüßte sie in unserer Singerunde einen schlanken, hochgewachsenen Mittdreißiger, der sich als Hans-Hermann Kurig vorstellte, Kirchenmusikdirektor der Kantorei Halberstadt der Evangelischen Kirche, Chorleiter, Komponist.

Er hob den schweren Deckel des schwarzen Flügels behutsam in die für Konzerte vorgesehene Stellung und spielte unvermittelt, mit verblüffender Leichtigkeit im Anschlag, eine Phantasie - etwas wie Waldesrauschen.

Wir sangen einige der am besten "sitzenden" Volkslieder, zwischendurch erzählte er von sich und den oft merkwürdigen Entstehungsgeschichten von Liedern. Sogleich lernten wir Carl Maria von Webers "Mädchen, ach meide Männerschmeichelei'n", diesen Kanon, der einen so witzigen Text hat.

Bald empfanden wir richtigen Spaß an der musikalischen Neckerei und lernten, wie anspruchsvoll und lustig zugleich Klassisches sein kann.

"Wißt ihr, ich hab ja gar nichts gegen diese Tagesschlager, meinetwegen singt sie, soviel ihr Lust habt; aber wenn sie nach dreihundertmal Singen ausgenuddelt sind, mag sie keiner mehr hören, und sie werden vergessen. Volkslieder haben viele Jahrhunderte überlebt, und hier, im Grunde, liegt der Quell wahrer Kunst, denn in der Tiefe des Gefühls, in ihrer bescheidenen Wahrhaftigkeit werden sie von nichts übertroffen. Hier fängt die musikalische Bildung an, der Maßstab für wahrhaftige Kunst."

Und der junge Mann, der aus Kiel stammte, suchte tastend herauszubekommen, was denn die aus Ostpreußen stammenden Kinder an Liedgut "draufhatten".

"Früh, wenn die Hähne kräh'n" und "Zogen einst fünf

wilde Schwäne" kannten ja einige von ihnen, halbwegs auch das berühmte "Ännchen von Tharau".

Der Gast hörte sehr aufmerksam zu, um herauszufinden, wer mit besonderer Stimme auffiel, was wir freilich zunächst nicht bemerkten.

Ein guter Chorleiter hat ein unerhört feines Gehör, Stimmen zu unterscheiden und zu bewerten. Ich saß günstig, in seiner Nähe, links bei den tiefsten Basstönen, so dass ich ihn aus dem Augenwinkel beobachten konnte. Immer lag auf seinem Gesicht ein matter Glanz. Lebhaft wechselte das Mienenspiel.

Hans-Hermann Kurig steckte voller Ideen und Geschichten. Einmal hielt er inne, lehnte sich zurück. Vielleicht schien ihm, er habe, trotz allem bisher Gesagten, noch nicht das Entscheidende zum ganz Großen, Meisterhaften gesagt. So erzählte er folgende Geschichte:

Ein Komponist habe einmal auf einer blühenden Wiese gelegen, verträumt in den Himmel geschaut, über Gott und die Welt sinniert. Da zog eine Gruppe Mädchen des Wegs, ziemlich nahe bei ihm. Sie sangen ein Lied, das er komponiert hatte. Er stand auf und fragte, ob sie vielleicht wüssten, von wem das Lied sei. Sie drucksten herum, sagten dann: "Es ist ein Volkslied." Er schwieg, nickte schließlich ...

"Seht ihr, das ist, finde ich, das Höchste, was ein Musiker, ein Künstler erreichen kann: als namenloses Lied durchs Volk zu gehn." - Ein Lied, das durch die Zeiten wandert und im Volk lebendig bleibt - etwas Höheres, Schöneres, könne er sich nicht denken.

Und dann stellte er eine eigene Komposition vor, nach einem Text von Eichendorff, die wir Doppelzeile für Doppelzeile lernten, nachfühlend dem spätromantischen Dichter: "Wer in die Fremde will wandern, der muss mit der Liebsten gehn..."

Eine melancholische Melodie, die uns sehr gefiel. Gegen Schluss verlieh der Komponist dem Gedichtausklang eine überraschende, strahlende Dur-Wendung, endend mit:

"Der Morgen, das ist meine Freude.
Da steig' ich in stiller Stund
Auf den höchsten Berg in die Weite:
Grüß dich, Deutschland, aus Herzensgrund!
Auf den höchsten Berg in die Weite:
Grüß dich, Deutschland, aus Herzensgrund!"

Das Lied von Kurig gefiel uns auch, weil es dem Empfinden aller, ob nun Ostpreuße, Anhalter oder Sachse, entsprach. Die vier Schlussverse sangen wir nach der "Premiere" häufig frühmorgens nach der Aufstellung im Morgenkreis. Bei all dem lag etwas merkwürdig Bedrückendes in der Luft der politischen Landschaft, da es leider Kräfte gab, die Deutschland spalten wollten.

Die optimistische Grundhaltung und der Weitblick des Dichters eigneten sich gut für den Tagesauftakt.

Zurück zu Kurig, dem Organisten und Komponisten, der stadtbekannt war durch seinen Knabenchor, den Michael-Praetorius-Chor! Bei einem weiteren Besuch lernten wir den wunderschönen Praetorius-Satz "Es ist ein Ros' entsprungen aus einer Wurzel zart".

Ich sang gern, und ich hatte das Gefühl, es nähme das Singen etwas von meinen unausgesprochenen, verborgenen Bedrückungen.

Nicht fehl gehe ich wohl, dass die anderen ähnlich fühlten. Uns machte das Singen zunehmend Freude, dies um so mehr, als wir begriffen, dass Singen nicht nur die Stimme kräftigt. Singen bildet Herz und Geist. Komisch, daß mir dabei nicht sonderlich auffiel, warum Hans-Hermann Kurig Mädchenstimmen kaum interessierten. Er suchte nur nach Knabenstimmen.

Leider waren die meisten der Ostpreußen-Stimmen schon im Stimmbruch, womit diese für Kurigs Pläne ausfielen. Meine fand Kurig gut, ebenfalls die von Rolf-Reinhart, und so kamen wir, nach einem speziellen Vorsingen, in den Michael-Praetorius-Chor.

Mit einem Nachfahren des Komponisten Praetorius, der vor Bach gelebt hatte, stand Kurig in persönlichem Kontakt.

Mutti Ruth förderte alles, was der musikalischen Ausbildung der Heimkinder nützlich sein konnte.

Ein weiterer Kanon, den wir im Heim bei Kurig wie nebenbei lernten, hieß: "Ein altes böses Weib gibt's höchstens auf der Welt; nur schlimm, daß jeder seins für dieses einz'ge hält!" (Carl Maria von Weber). Das hat uns riesigen Spaß gemacht.

Rolf-Reinhart Loose wurde ganz am Anfang unseres Singens von Kurig als ein dirigentisches Talent entdeckt und so der Grundstein zu dem bald entstehenden Heimchor gelegt. Öffentliche Auftritte gab es noch nicht. 1948 ging es Mutti Ruth darum, nach und nach ein größeres Repertoire zu ersingen.

Viele Heimkinder mussten in der Schule erstmal richtig Fuß fassen, sich eingewöhnen; denn manchmal stellte sich schnell heraus, daß ein Schüler in die unpassende, falsche Klassenstufe "eingeordnet" worden war. Wurde das erkannt, konnte der Schüler mitten im Schuljahr in die nächsthöhere Klasse "springen".

Der Zuckerrüben-Coup

November 1948. Auf den Feldern rollte die Zuckerrübenernte. Halberstadt besaß seit langem eine große Zuckerrübenfabrik am Ende der Gröperstraße, linkerhand, ein Gelände bis zur Holtemme hin.

Nördlich unseres ausgedehnten großen Heimgartens erstreckte sich eine riesige Fläche mit Zuckerrüben. Sie gediehen gut. Die Landarbeiter hatten Tag um Tag die Rüben zu riesigen Bergen am Rande des Großfeldes zusammen- und übereinander geworfen, mehr als zwei Meter hoch.

Einer von den Älteren muss herausgefunden haben, dass man, nächtens natürlich und unentdeckt und möglichst spurenlos, vom Feldrand zum Waschkeller die rohen Früchte "verlagern" könnte. Werden sie tüchtig mit der Bürste geschrubbt, kann man sie schnitzeln, kochen, den Saft eindicken und so Sirup herstellen.

Auf die abendliche Aktion wurde ich erst aufmerksam, als sie schon angelaufen war. Hatte man vielleicht gedacht, ich sei in solchen Dingen "undicht"? Ein unsicherer Kantonist?

Als in der Dunkelheit - einige trugen sogar selbstgebastelte Taschenlampen - die ersten Rüben in der Waschküche eintrafen, hielt es mich nicht mehr. Ich sauste den mindestens 200 Meter langen Gartenhauptweg entlang. Das sonst stets verschlossene große Wirtschaftstor nach Nord stand offen, Gestalten wuselten gebückt im Finstern am und neben dem Zuckerrübenberg, als müssten sie sich hinter Barrikaden verbergen.

Verdammt, die starken Scheinwerfer der Straßenbahn an der rund 300 Meter entfernten Straßenbahn-Endhaltestelle "Sternwarte" strichen verräterisch über den Rübenberg-Kamm. Trotzdem, jetzt galt es zu handeln!

Nach Sekunden des Abwartens, ob eventuell noch ein Fußgänger von der Haltestelle oder von der Gaststätte

"Sternwarte" her naht, flitzte ich hinüber, griff zwei, drei Rüben und verschwand schnell im Dunkeln, und dann - ab in Richtung Villa. Dies mehrmals, hin - zurück. Im Waschkeller türmte sich bald ein Rübenhaufen.

Ob Mutti Ruth wusste, was sich unter ihrer Obhut alles tat? Kann sein, dass das nur Onkel Reinhold mitbekam, der ein Genie im Organisieren war. Was in Hungerzeiten überlebenswichtig ist.

Als die Sache lief, habe ich mir nicht im geringsten Gedanken darüber gemacht, ob es rechtens oder unrechtens war. Für die Gemeinschaft wäre ich auch mitgegangen, Pferde zu stehlen, wenn genügend Ältere dabei gewesen wären.

Tagelang kochten im Dezember Rübenschnitzel in den zwei Wäschekesseln, und weiß der Teufel, woher die Köche das Rezept wussten (wahrscheinlich von unserer Köchin Loni): Es bildete sich wirklich ein bräunlicher Sirup. Mit ihm wurden hausgemachte Lebkuchen und Plätzchen gebacken, dass der Schornstein nur so rauchte.

Onkel Reinhold herrschte über das komplizierte Innenleben der großen, klotzigen Druckkessel-Heizanlage, wachte Tag und Nacht über Feuer und Wasser. Dafür hatten wir im Sommer etliche Tonnen Kohle in die große Autogarage getrimmt.

Den Zuckerrüben-Coup bemerkte glücklicherweise am Rande des Ackers keiner. Wir hatten bei der "Entnahme" der Früchte vorsorglich ringsum gleichmäßig zugelangt, so dass nichts auffiel. Wenn ein Nicht-Kluser Mutti Ruth auf die Vorgänge aufmerksam gemacht hätte, ich glaube, sie hätte bedauernd gesagt: "Tut mir leid, ich weiß davon nichts!"

Zu den Adventssonntagen und Weihnachten gab es eine Menge Sirup-Plätzchen. Und sogar ein Hexen-Knusperhäuschen.

Ein ganz normaler Tag

Unser Alltag war der Schultag. Noch vor sechs Uhr ging Onkel Reinhold in den Heizungskeller. Er entnahm dem massiven Heizblock, der in einer Extra-Grube etwa einen halben Meter tiefer installiert worden war, die Asche, um mit der verbliebenen Glut ein neues Feuer zu nähren. Dafür verwendete er einige Schaufel bereitgelegten Koks, Eierkoks, um etwas später richtige Briketts nachzulegen.

Von all dem merkten wir in den Betten so gut wie nichts. Auch nicht, wo er sonst noch werkelte. Familie Loose bewohnte Räume im Dachgeschoss, der Mansarde. Solange sie dort wohnte, übernahm entweder Mutti Ruth oder Onkel Reinhold das Wecken um sechs.

Zuerst die Mädchen, sie hatten Schlafräume in der oberen Etage, sie brauchten ja mehr Zeit zum Kämmen und Frisieren.

In Gruppen oder Grüppchen ging es zum großen Dusch- und Waschraum, der auch eine Toilette hatte. Die Fensterfront wies zum breiten Sandweg, der Vor der Klus hieß. Es wurde kalt geduscht, was dem Munterwerden förderlich war, manchmal auch mit einem Schuss Warmem hinterher. Schnell abribbeln und raus! Nachtbehemdet oder mit dem Handtuch umspannt. Die Jungen schliefen ja in den ersten Jahren in Räumen neben der unteren Diele und hatten einen längeren Weg. Treppauf, treppab.

Wir trugen anfangs extrem lange Nachthemden. Kutten. Oder hatte es keine kleineren Größen gegeben? Ich bekam die Wäschenummer acht. Nach und nach hatten zwei Frauen in der kleinen Nähstube in der Mansarde für jeden persönliche Nummern eingenäht in die wichtigsten Kleidungsstücke wie Hemden, Unterwäsche, Hosen, auch auf die Handtücher.

Einmal wöchentlich wurde zum Kleiderwechseln gerufen, zumindest war das bei den Jungen so. Da ging es runter in den Keller in die Kleiderkammer, Eintritt einzeln, bitte! Holzregale und Wäschekörbe dufteten nach frischer Wäsche.

Doch zurück zur Frühe! Das Duschen einer Gruppe dauerte höchstens drei, vier Minuten insgesamt, denn vor der Tür zum Duschraum wartete schon die nächste. Es drückte sich keiner, irgendwie war der ganze Vorgang doch ein Gaudi mit Spannung, nämlich zuzusehen, wie der andere sich so anstellte, sich zierte oder ob er kreischte. Es diente dem Abhärten gegenüber möglichen Erkältungen, denn die Winter nach dem Kriegsende waren verdammt kalt!

Den Kopf bitte zur Seite wenden! Die Haare sollten möglichst trocken bleiben. Natürlich hatte jeder sein Oberkörper- und sein Fußtuch mitzunehmen, oder doch mindestens eines. Hausschuhe auch. In einer Viertelstunde war der Trubel vorbei.

Dann hieß es: anziehen und Betten machen! Onkel Reinhold hatte es den Großen gezeigt, als es noch Aluminiumbettgestelle gab (die später durch Holzbetten ersetzt wurden): Wie ein Bettlaken gut gespannt wird, wie Kissen und Zudecken exakt auf Kante zu legen sind. Schließlich sollte es adrett und aufgeräumt aussehen, und wenn man es nicht jetzt lernte, wann sollten es die Jungen und Mädchen sonst lernen?

Sechs Uhr dreißig hieß es: antreten an der Zimmertür zum Sammeln! Von der unteren Diele her ertönte mehrfach ein angenehm gedämpfter Gongschlag, und dann ging es auf einen Wink der diensthabenden Erzieherin in die große untere Diele; dort war der Einlass zum Speisesaal. Dieser war inzwischen von 2 bis 3 vorher festgelegten Mädchen oder Jungen für das Frühstück vorbereitet worden.

Auf den Sechser- und Achtertischen (hinten links stand zudem ein großer runder Tisch): Teller mit einer nicht allzu reichlichen Milchspeise - Milchsuppe mit Nudeln oder Milchreis oder Milch mit Sago oder Griesbrei mit Milch, auch mal warme Fruchtgrütze. Was eben die Küche gerade vorrätig hatte. Dort werkelte schon ab sechs "Loni" Schulze, die schwarzhaarige singende Köchin.

Bevor wir die Plätze einnehmen durften, stellten wir uns in Form eines großen Kreises rings um alle Tische auf, fassten einander an den Händen und sangen einen Gruß an den neuen Tag, zum Beispiel: "Wachet auf, wachet auf! Es krähte der Hahn. Die Sonne betritt ihre goldene Bahn." - Ein ganz leichten Kanon. - Oder: "Der Morgen, das ist meine Freude, da steig ich in stiller Stund' ". - Ein wunderbarer Eichendorff-Text.

Manchmal sangen wir Frühlings- oder Wanderlieder, je nach Jahreszeit. Auf jeden Fall sehr kurze Texte, denn der Brei sollte unterdessen ja nicht abkühlen.

Mitunter geschah es, dass die warme Milchspeise erst nach der Auflösung des Singkreises auf den Tisch kam, wobei an der Durchreiche - dafür war eine Küchentür extra ausgespart worden - alle mithalfen.

Meist gab es zum Frühstück noch eine Marmeladenschnitte.

Für den Schulgang erhielt jeder eine belegte Doppelschnitte, eine "Bemme". Oft mit Leberwurst oder Quark oder mit gestrecktem Harzer Käse, den Loni in der Küche veredelt hatte. Aber man konnte das auch gleich beim Frühstück mitessen, wenn man richtig Kohldampf hatte. Und die Großen hatten fast immer Hunger! Deshalb war der Tischdienst so beliebt; man konnte sich dabei die dicken Kantenstücke heraussuchen und auf den eigenen Platz legen. Das rief immer neidische Blicke hervor. Manchmal rannen sogar Tränen bei einem, der sich sichtlich benachteiligt fühlte.

Gegen sieben Uhr hieß es, den Ranzen oder die Schultasche nehmen und sich mit Handschlag verabschieden.

Ein weiter Schulweg lag vor uns: Drei Kilometer bis in die Thälmannstraße, zur Marx-Engels-Schule. Da musste man schon straff gehen. 1948 fuhr die Straßenbahn zur Endhaltestelle "Sternwarte" noch nicht regulär jeden Tag, nur manchmal am Wochenende, wenn Hunderte zum Tanzabend in den "Felsenkeller" oder in die "Sternwarte" wollten. Und außerdem hätte das Heim kein Geld gehabt, so viele Fahrten zu bezahlen.

Also trabten wir rechts vom Wartehäuschen einen breiten Feldweg hinunter, vorbei an uralten Pappeln, links und rechts bestellte Felder, hin zum letzten ehemaligen Kasernengebäude an der Westerhäuser Landstraße, und dann ging's zügig schnurgerade auf dem Fußweg oder der parallel angelegten Pferdebahn, die durch eine fast meterhohe dichte Hecke abgegrenzt war, vorbei an der alten Molkerei und dem Eingang zum Betriebsgelände des ehemaligen Junkerswerkes, weiter über den Bahnübergang der Strecke nach Blankenburg, vorbei an der Dampfwäscherei Röver...

Bummeln durften wir nicht, denn 7 Uhr 45 begann der Unterricht, also musste man wenigstens ein bis zwei Minuten vorher da sein.

Allerdings, die Schultaschen waren nicht schwer. Ich besaß noch eine abgetragene von meinem Bruder, der zu dieser Zeit in die Oberschule Dom- und Ratsschule am Johannesplatz ging. Wir Marx-Engels-Schüler besaßen 1948 weder ein Rechenbuch noch ein Lesebuch noch ein Geschichtsbuch. Nur einige Hefte schlechten Papiers, auf dem die Tinte leider meist in die Faserung zerlief.

Außerdem hatten wir dieses und jenes von der Schule ausgeliehene Leseexemplar - Texte, die der Weltliteratur zuzurechnen sind, so von Mark Twain, Swift, Selma Lagerlöf oder von klassischen deutschen Dichtern. Auch einen hölzernen Stiftekasten mit Schiebedeckel besaßen einige, vielleicht dieser und jener einen Zeichenblock. Unsere Taschen waren dennoch Leichtgewichte.

In der Marx-Engels-Schule, einer damals achtklassigen Grundschule, quollen die Unterrichtsräume über. Vierzig bis fünfzig Schüler in einem Klassenraum, die Gänge zwischen den Bankreihen manchmal mit Stühlen bestückt. Das war normal damals.

Der Schuldirektor hieß, glaube ich, Maree' und schien mir uralt. Die meisten Stunden erhielten wir bei Herrn Warnke, Deutsch, Geschichte und Erdkunde, und das war fast immer sehr spannend, weil er so gut erzählte.

Aufzuschreiben hatten wir wenig, denn mit Papier und Kreide musste sparsam umgegangen werden. Ja, es gab Kinder, die verfügten über gar keine Hefte, und dafür gab es keinen Rüffel, denn jeder wusste, wie es um Papier bestellt war. Ab und an gab ein Schüler auch mal ein Blatt für seinen Nachbarn ab.

In der ersten Bank, Fensterreihe zur Hofseite hin, saßen Rolf-Reinhart und ich. Ich verhielt mich ziemlich eigenbrötlerisch. Schirmte mich ab, wenn ich fühlte, er luchst zu mir rüber. Ich wollte ich sein. Doch wir vertrugen uns. Vielleicht lag es daran, dass ich viel mehr über mich selbst grübelte und mich in andere Welten hineinträumte.

In der großen Pause, gegen halb zwölf, gab es im Erdgeschoss Schulspeisung, meist warm. Einen Brei, Kohl- oder Nudelsuppe, Graupen- oder Kartoffelsuppe, auch mal ein graues Brötchen dazu. Weiße Brötchen kannten wir nicht.

Für Rolf-Reinhard und mich war es nicht Pflicht, am Essen teilzunehmen. Uns erwartete im Heim ja das Essen von Loni.

Schulschluss war an den meisten Tagen halb eins oder eins, so dass wir - nach ziemlichem Tempo - halb zwei, dreiviertel zwei im Heim eintrafen und ohne Verzug unsere Suppe aus der Küche holten. Loni hielt sie immer schön warm. Der Riesenkochtopf hatte einen halben Meter Durchmesser, und sein Inhalt reichte nahezu immer für einen Nachschlag. Danke, Loni!

Wer bereits um eins kam, weil weniger Stunden auf

dem Plan standen, konnte auch schon um Eins essen. Die letzten kamen so gegen zwei.

Natürlich waren da Erzieherinnen bereits einige Zeit im Heim, die erste seit früh zwischen sechs und halb sieben: Tante Ilse, Tante Regina oder Tante Käthe. Eine stand immer Mutti Ruth im Frühdienst zur Seite, und irgendwann am Vormittag hatten dann alle ihre Beratung mit Mutti Ruth und Onkel Reinhold, um viele Dinge des täglichen Ablaufs und Kommendes zu bereden.

Nach der Mittagszeit folgte eine kleine Verschnaufpause, um sich auf die Hausaufgaben vorzubereiten. Dazu wurden alle Tische im Saal peinlich genau abgewischt und getrocknet, und die Erzieher holten ihre persönlichen Kontrollhefte hervor.

Etwa drei Uhr nachmittags, manchmal auch etwas eher, begann die Hausaufgabenzeit. Nicht leicht, denn ein spezielles Schülerheft, in dem alle Schulaufgaben eingetragen worden waren, gab es noch nicht. Die Erzieher mussten sich auf die Ehrlichkeit der einzelnen verlassen. Und das ging. Sie vertrauten darauf, dass jeder sagte, was zu tun sei, schriftlich und mündlich.

Meist waren, z.B. beim Rechnen, die Hausaufgaben schon in der Schule diktiert oder von der Tafel abgeschrieben worden ins Heft, da es ja noch keine Mathe-Bücher gab. Mündliche Aufgaben allerdings waren schwer zu kontrollieren.

Die Ostpreußen kamen mit dem Schulrussisch schlecht zurecht. Sie hatten auf der Flucht vieles anders gehört, teils ukrainisch, teils kaschubisch, teils polnisch, teils im Russisch der Königsberger Gegend, wobei sie am besten saftige Flüche und Drohungen beherrschten.

Ab 5. Klasse war Russisch Pflichtfach. Mutti Ruth hörte das Fluchen nicht gern. Sie war um ein gutes, freundliches Deutsch bemüht.

Am häufigsten fielen bei den Ostpreußen Worte wie "Kascha" (Reis), "Kapusta" (Kohl), "Chleb" (Brot) und "Maslo" (Butter).

Wenn es etwas gab, was die Erzieher besser nicht mitbekommen sollten, verständigten sie sich auf Russisch.

In Deutsch wurde von den Erziehern streng auf Schriftbild und Rechtschreibung geachtet. Onkel Reinhold besaß eine gestochen scharfe Schrift und gab manchmal auch Proben seines Könnens zum Besten. Stirnrunzelnd und hochrot im Gesicht, fragte er dann: "Stimmt's? Oder habe ich Recht?" Worauf man kaum anders antworten konnte als nicken oder zustimmend grinsen.

Mucksmäuschenstill war es im Raum. Bei der Kontrolle flüsterte man nur. Strenge lag über dem Geschehen. Die Ostpreußen hatten sehr viel aufzuholen. Ihr Ehrgeiz verdichtete sich zu einem wortlosen, starken Gefühl des Trotzes: Den Marmeladenköppen hier werden wir's zeigen. Horst Pehlke, Siegfried Bodlin, Hansgeorg und Edith Meyer - sie und andere wussten, was künftig von ihrem Lerneifer abhängen würde.

Nach den Hausaufgaben winkte der herrliche Sandweg vor der Villa: Fußball! Bolzen! Das war der Sport, der die Massen in die Stadien trieb.

Uns lockte auch der Garten, falls "nahrhafte" Arbeiten anstanden.

Die Schulaufgabenzeit ging normal halb fünf zu Ende. Wer fertig war, legte sein Schriftliches zur Kontrolle vor, und zum Abzeichnen, und ab irgendwann gab es sogar tägliche Bewertungen: ein strahlendes Sternchen, stilisiert, für sehr gut, ein einfaches Pluszeichen für gut und einen Punkt für na, geht-man-gerade-so. Dadurch gelang es den Erziehern, bei einigen einige Zeit die Lust auf die Schule anzustacheln.

Das Herumtollen im Freien zählte zum Schönsten. Alles Mögliche ergab sich planlos. Die Ältesten zog es in der ersten Zeit oft in den Wald, in die Klusberge, um Pfade und Verstecke zu erkunden und geheime Pläne zu schmieden. Dabei konnte man gelegentlich Obst oder Gemüse "mitgehen lassen" - "abstauben".

Der Appetit der Großen schien unersättlich. Wachstumsjahre. Auf jeden Fall versprach die Pirsch Richtung Klusfelsen oder Fünf Finger (die dem großen Klusfelsen vorgelagert sind) mehr Spannung als beispielsweise der Auftrag, zwischen den Schieferplatten unmittelbar vor dem Haus mühselig das immer wieder wuchernde Unkraut herauszuzupfen, per Hand oder mit einem Taschenmesser, sofern man eins hatte.

Um achtzehn Uhr hieß es zurück sein von jeglichen Ausflügen und ins Haus kommen. Schuhe putzen, waschen, Abendessen vorbereiten.

Jeder besaß seinen Schuhplatz im Keller, Platz für Hausschuhe, Platz für Straßenschuhe. Die wurden, erinnere ich mich, in der ersten Zeit noch brigadeweise geputzt, und zwar im Raum der Zentralheizung im Keller, später einzeln auf einem kleinen Vorplatz zwischen Kellerausgang und großem Garten. Das war die Nordseite. Doch ging das freilich erst, nachdem jeder eigenes Schuhputzzeug erhalten hatte.

1948 war das noch nicht möglich, da fehlte es noch an vielem, vor allem an passenden und wetterfesten Schuhen.

Damals gab es - eine Notlösung - Igelit-Schuhe, die bei Kälte spröde wurden und reißen konnten. Aber Onkel Reinhold verstand es irgendwie zu tricksen, dass dieser Zustand bald überwunden wurde und wir "normale" Schuhe bekamen.

Zwischen halb sieben und sieben gab es Abendbrot, meist fertig belegte Schnitten und Tee. Einige verstanden es hervorragend, geschickt mit den Zähnen die Butter oder Margarine auf dem Brot vor sich her zu schieben, um sie zum Schluss mit größter Wonne zu verspeisen, andere übten sich in der Kunst, einen Bissen wirklich zweiunddreißigmal zu kauen, weil man behauptete, je länger man kaue, um so so mehr Genuss habe man von der Nahrung und um so leichter werde man satt von einem Bisschen.

Ach ja, die Künste gegen den Hunger!

Übrigens: Abends soll man wie ein Bettler essen. Sagt der Volksmund.

Der Abend galt dem Einüben neuer und dem Wiederholen bekannter Lieder im lockeren Kreis um den Flügel herum. Dort saß Mutti Ruth. Sie spielte fast alles aus dem Kopf, gelegentlich aus Liederbüchern. Jede Woche kam ein neues Lied hinzu, mal ein bayrisches, mal ein niederdeutsches, schwäbisches oder ein Harzer Lied.

Es war keinem direkt bewusst, wie ausgiebig wir unser Deutschland "ersungen" haben, denn jede Landschaft hat ja ihre Lieder, sie spiegeln die Seele der Landschaften und der Leute.

Und dann kann man ja dazu auch tanzen! So dauerte es nicht lange, bis eines Abends Mutti Ruth und Onkel Reinhold mit uns erste Schritte eines Volkstanzes einübten.

Ein Abend- oder Nachtlied beendete die Runde. Nun hieß es nur noch, die Zähne zu putzen und ab ins Bett. Um 22 Uhr begann für uns die Nachtruhe.

1949

Der Michael-Praetorius-Chor

Rolf-Reinhart Loose und ich, beide zehnjährig, waren die einzigen Heim-Jungen, die ab 1949 in den Michael-Praetorius-Chor gehen durften. Wir fühlten uns ein bisschen herausgehoben. Die durchweg Älteren unter den Jungen schienen Herrn Kurig schon zu nah dem Stimmbruch und oder hatten ihn bereits, dazu kamen ihre speziellen schulischen Probleme.

Und vielleicht meldeten sich auch plötzlich Eltern oder andere Verwandte der Ostpreußen-Kinder, nachdem sie über den Suchdienst etwas erfahren hatten? Was dann?

Kirchenmusikdirektor Hans-Hermann Kurig, 1914 in Kiel geboren, hatte in Königsberg studiert. Als Organist, Komponist und Chorleiter hatte er sich im Musikleben von Halberstadt, der Magdeburger Börde und dem Vorharz schon vor 1945 einen guten Namen erworben. Er war Schüler der Thomaskantoren Straube und Ramin, ihm schwebte ein den Leipziger Thomanern ähnlicher Knabenchor vor, der das musikalische Erbe der Zeit vor Johann Sebastian Bach, insbesondere das von Heinrich Schütz und Michael Praetorius, pflegen sollte. Ein a-cappella-Chor.

Für die wöchentlichen Chorproben stellte die Marx-Engels-Schule in der Thälmannstraße ihre große Aula zur Verfügung. Meist nachmittags, auch abends. Es machte Spaß, die eigene Stimme vielseitig auszuprobieren. Zwar bekamen wir Notenblätter in die Hand, doch nach Noten konnten nur die wenigsten singen.

Kurig probte, abschnittweise, so intensiv an einem Chosatz, bis das neu Einstudierte "saß". Zur Auflockerung erzählte er, wenn es ihm passend schien, lustige oder auch merkwürdige Anekdoten aus dem Leben der Großen der Musik, so von Bach, Mozart, Palaestrina, Beethoven. Immer wieder verblüffte er mit den unwahrscheinlichsten Geschichten vom Genie Mozart.

Fast jede Woche kam eine neue Kanon-Einstudierung hinzu, so dass, ausgleichend zu den geistlichen Musiken, immer auch ein geselliger, heiterer Anteil im Programm zu finden war. Die Hauptrichtung galt freilich den Motetten, Kantaten und Oratorien, denn es nahte das Johann-Sebastian-Bach-Jahr 1950. Der Praetorius-Chor wollte da unbedingt etwas Eigenes einbringen, gemeinsam mit anderen Chören der Stadt.

Einen "Star" unter den Stimmen besaßen wir in Joachim Gobbert. Er hatte eine derart klare, glockenhelle Koloratur-Sopranstimme, dass ihm bei "Schlafe, mein Prinzchen, schlaf ein" (lange Zeit fälschlicherweise Mozart zugeschrieben) ein Sonderbeifall gewiss war.

Die Vielfalt des Repertoires reichte bald von italienischen Villanellen bis zum zeitgenössischen Chorlied eines Hugo Distler, bei den Kanons vom katholischen "Sanctus" bis zum übermütigen "Lieber Freistädter, lieber Gauli Mauli" (Mozart).

Zum Goethe-Gedenkjahr 1949 schuf Hans-Hermann Kurig neue Kompositionen zu Texten aus "Faust II", z.B. zu dem berühmten "Lied des Türmers" (Zum Sehen geboren, zum Schauen bestellt...). Ja, es gelang ihm gar, eines Tages einen Urururur...-Enkel des Komponisten Michael Praetorius nach Halberstadt zu den Proben einzuladen und so zu belegen, dass im Osten Deutschlands auch das weit zurückliegende musikalische Erbe gepflegt wird.

Der ältere Herr Praetorius kam aus Hessen, Rheinland-Pfalz oder Berlin; woher genau, war uninteressant. Wichtiger: Der Chor hielt das gesamtdeutsche Erbe hoch.

Beliebt bei uns Sängern waren die Fahrten in die Dörfer und kleineren Städte des Harzvorlandes. Wegeleben, Oschersleben, Gröningen, Wernigerode, Schwanebeck, Thale, Blankenburg und andere Orte hatten uns eingeladen, Konzerte in den Kirchen oder öffentlichen Sälen zu geben, teils allein, teils mit anderen Chören gemeinsam, wobei immer einige Spannung und die Frage über dem Ereignis schwebten: Was kommt - auf den Tisch?

Noch war ja Notzeit, fast alle Lebensmittel gab es nur rationiert und kräftige Landkost war sehr begehrt. Erstaunlich, was die Bauern und die Gastwirte zu bieten hatten. Endlich einmal Schinken und Speck und gute Butter! Als Dank gab's nicht selten dafür einen zusätzlichen Ohren-Schmaus.

Unser ganzer Chor passte in einen der größeren Überlandbusse hinein, den Kurig gechartert hatte.

Das Wirken des Praetorius-Chores drang schnell bis nach Halle und in die Studios des Mitteldeutschen Rundfunks. Für einen bestimmten Bereich des Brauchtums und der Volksliedpflege im Harz und Harzvorland gab es einen langjährigen Experten, der in Halberstadt wohnte, Dr. Louis Wille. Er setzte sich dafür ein, dass rechtzeitig vor Weihnachten und auch zu anderen Gelegenheiten die Aufnahmetechniker des Rundfunks aus Halle vor Ort waren und die Einstudierungen aufnahmen.

Auch bei Aufführungen in Halberstädter Kirchen - Martini-, Johanneskirche oder Dom - ließ sich der Rundfunk das originale Kunsterlebnis nicht entgehen. Kurig gehörte zu den anerkannten Persönlichkeiten des kulturellen Lebens. Ein bisschen waren auch wir darauf stolz, denn in dieser Stadt, die noch unübersehbar von Trümmern und Wunden des letzten Weltkrieges gezeichnet war, musste die Kultur vorangehen und Mut machen. Lebensmut.

Nicht ganz entziehen konnte sich Kurig dem wachsenden Einfluss der lokalen und höheren Politik. 1951 fanden in Berlin Weltfestspiele der Jugend und Studenten statt, und da hielt man es höherenorts für angebracht, dass auch ein kirchenmusikalisch geprägter a-cappella-Chor die Lieder der Völker singt, die da zu Gast sein werden. Stimmen der Völker in Liedern.

Also sangen wir etwas länger als eine Saison Lieder aus Frankreich, England, Finnland, Russland, Italien, Polen, Deutschland und anderen Ländern. Uns hat's Spaß gemacht. Doch es stellte sich später als einmaliges Intermezzo heraus.

Zu einem beeindruckenden Höhepunkt wurde eine gemeinsame Fahrt der "Praetorianer" auf den Brocken. Es reichte im Grunde dafür die Genehmigung durch das Volkspolizei-Kreisamt. Für eine Einzelperson wäre es schon schwieriger gewesen. Doch warum sollte man einem so angesehenen Chor den Besuch des zur DDR gehörenden, also heimatlichen Brockens verbieten? Ich empfand keine Sehnsucht nach dem Westen.

Für Kurig wurde es zunehmend schwieriger, sein ursprüngliches Anliegen mit dem Michael-Praetorius-Chor zu bewahren. Das ahnten wir damals nicht. Kurig versuchte sich, neben seiner kirchenmusikalischen Arbeit, auch in weltlichen Konzertsälen Gehör zu verschaffen.

Warum Kurig eines Tages Halberstadt verließ, erfuhren wir Knaben nicht. Gründe dafür hatte er gewiss. Ich erinnere mich, dass er 1951 nach den Sommerferien eines Tages an jedes Chormitglied ein Porträtfoto von sich - mit Autogramm - verteilen ließ

An eine offizielle Erklärung, weshalb er gegangen war, kann ich mich hingegen nicht erinnern. Über so heiße Sachen schwieg man lieber.

Zudem hatten wir im Kinderhein an der Klus längst einen eigenen Chor, der überwiegend Volks- und Tanzlieder sang, dirigiert von Rolf-Reinhart, meinem Klavierunterricht nehmenden Banknachbarn.

Unser großer, großer Garten

Wer in einer Hungerzeit über einen großen Garten verfügt, ist gesegnet.

Das wusste Reinhold Loose als Finanzmann und Ökonom. Als Beschaffer für vierzig und mehr hungrige Mäuler hatte er mit den Flächen bei den hohen Pappeln die große Chance, reichlich Gemüse und Obst anzubauen und zu ernten. Aber das erforderte viele Hände.

Während der südliche Teil des Villa-Grundstücks, der durch eine dicke, zwei Meter hohe Mauer begrenzt wurde, hauptsächlich die Pflege der Sträucher und das Jäten zwischen den Schieferplatten der Zufahrtszone erforderte, verlangte der nördliche, mehr als hundert Meter breite Teil größere Anstrengungen.

Ein Drittel dieses Teils wurde bedeckt von Sträuchern und Büschen, besonders dicht am Zaun neben einem Sandweg. In der Mitte des Nordteils erstreckte sich außerdem ein breiter Hauptweg. An ihm zogen sich rechts und links, erkennbar an abgedeckelten Gruben, dicke unterirdische Rohre hin, die Abwässer des Heimes in Sammelbecken leiteten.

Rechts des Weges stand ein Gerätehaus, davor ein wunderbarer, hoher Süßkirschenbaum, alles eingezäunt, vom Vorbesitzer vermutlich unter anderem für die Hundehaltung genutzt. Dahinter schlossen sich Reihen von Beerensträuchern an, an besagtem Hauptweg noch einige Obstbäume.

Die folgenden Flächen waren Erdfrüchten vorbehalten. Hier gediehen hauptsächlich Kartoffeln, Kohlsorten, Buschbohnen, Mangold, Möhren, Gurken und Tomaten. Doch auch ein Spargelbeet war vorhanden.

Das Problem für Onkel Reinhold bestand darin, alle nötigen Arbeiten zur richtigen Zeit richtig zu verteilen und zugleich Mädchen und Jungen, je nach Alter, möglichst geschickt zu interessieren.

"Kto nje rabotajet, to njet jest." Wer nicht arbeitet, der kann/soll auch nicht essen. So hieß ein geläufiger Satz, den die Ostpreußen auf ihrer Flucht wohl schon dutzende Male gehört hatten.

Uns erschien das alles ganz normal. Und wenn der Ehrgeiz uns plötzlich packte, ein dickes Lob von Onkel Reinhold einzufahren, dann sagte einer zum Spaß: "So, jetzt machen wir Hennecke!!" Das hieß, jetzt ist eine ganz tolle Leistung von uns zu erwarten, eine Leistung, dass euch allen die Spucke wegbleibt.

"Hennecke" schwebte wie ein geflügeltes Wort monatelang in den Lüften. Hennecke bedeutete absolute Spitze.

Die Gartenarbeit setzte allgemein nach 16 Uhr ein, nach den Schulaufgaben, die natürlich vorgingen. Die schwereren Arbeiten wie Umgraben und Harken wurde den Älteren, Vierzehn-, Fünfzehnjährigen, zugewiesen, das Unkrautzupfen und lockernde Hacken des Bodens übertrug Onkel Reinhold Jüngeren.

Säen und Pflanzen übernahm er meist selbst, oder er zog diesen und jenen hinzu. Meist machte es Spaß, an allem beteiligt zu sein, denn es winkte fast immer eine Chance, zusätzlich was in Mund und Magen zu bekommen. Zum Vesper gab's eine große Schnitte Brot mit Sirup darauf oder mit Marmelade.

Manchmal geschah Abenteuerliches. Da hatte sich zum Beispiel ein Feldhase in unseren Garten verirrt. Sollte man ihn laufen lassen? Nein, den fangen wir. Es bedurfte des enormen Geschickes von sechs, sieben Fängern, den Hasen in eine Ecke zu lenken und zu ergreifen. Schließlich entwischte er aber doch noch.

Und dann die große Toiletten-Verstopfung! Irgendwann mussten die Jauchegruben ja mal so voll sein, dass eine Leerung unumgänglich wurde. Die Toiletten schluckten nichts mehr, der Abfluss war zum Stillstand gekommen. Auf die Hilfe einer städtischen Entsorgung konnte man nicht warten.

Selbst ist der Mann. Onkel Reinhold startete ein kleines Abenteuer "schöpferischer" Tätigkeit, natürlich nur mit den starken Jungen. Alle verfügbaren Schöpfeimer zu der Hauptsammelgrube! Und den schweren Eisendeckel angehoben!

Wir bildeten ein Menschenkette den langen Hauptweg entlang, und Zug um Zug schöpfte Onkel Reinhold mit einem speziellen Schöpfeimer an einer längeren Stange den duftenden Inhalt oben ab und kippte ihn in einen anderen Eimer zwecks Weiterbeförderung. Interessant wurde es, als etwa ein Meter abgeschöpft war. O Gott, das dicke Ende nahte!

Rolf-Reinhart entdeckte etwas Komisches, das er "Frommser" nannte, was ich aber nicht verstand. Das musste doch aus sehr alten Zeiten stammen, oder?

Der Einsatz ging bis in den dämmernden Abend, und selbstverständlich gab es für jeden der Beteiligten als Sonderzugabe eine warme Dusche im Bad, soweit das warme Wasser reichte.

Der große Garten mit seinem Gemüsevorrat half Loni, den Speiseplan der Woche abwechslungsreich zu halten, Kartoffeln und Kapusta (Kohl), Mangold, Möhren und Kohlrabi kehrten immer mal wieder. Doch für mich hielt Lonis Brotsuppe die Spitze. Sie war aus Brotresten gemixt und wunderbar gewürzt. Der große Garten half zudem, die Lebensmitteleinkäufe in der Stadt - dafür fuhr neuerdings ein kleiner Lieferwagen auf das schiefergedeckte Areal - gering zu halten.

Natürlich trieben manchen von uns reife Früchte von Beeten, Sträuchern und Bäumen auf geheime Pfade. Es gab zum Glück genügend Deckung bietende Sträucher. Klauen? Stehlen? I wo! Nur mal kosten. Manche nannten es "abstauben" oder "mitgehen lassen" oder "subtrahieren".

Es wurde von Diensthabenden nicht gern gesehen. Manchmal bewusst übersehen.

Mutti Ruth und Onkel Reinhold legten Wert darauf, von Zeit zu Zeit uns klar zu machen, dass der Garten allen gehört, dass alle an der Ernte teilhaben sollen und demnach auch alle etwas tun müssten, damit er gedeiht und nicht verunkrautet oder verwildert.

Speiseabfälle aus der Heimküche brachten wir zum Wirt des "Felsenkellers", einer sehr gut besuchten Ausflugs- und Tanzgaststätte, oder zum Wirt der "Sternwarte", einer Gaststätte an der Endhaltestelle der Klusbahn.

Der Komposthaufen in unserem großen Garten bot ein sehr gutes Areal für mehrere Kürbispflanzen, und Onkel Reinhold achtete sehr streng auf Hygiene. Wir wollten ja keine Ratten anlocken. Dagegen hatte er Verständnis, als eines Tages Dieter Neubauer, "Titus", im Spitzboden des Gerätehauses anfing, Tauben zu halten. Woher er sie hatte, ich weiß es nicht mehr. Helmut, sein Bruder, genannt "Knubbel", unterstützte ihn dabei. So ritt jeder, nebenbei, sein Steckenpferd in der Freizeit. Denn: nicht jeden Tag war Gartenarbeit angesagt. Gottseidank.

Bei Oberbürgermeister Erich Bordach

Mutti Ruth kannte viele Persönlichkeiten von Halberstadt näher. Die Geschichte der Stadt hatte sie in den letzten zwanzig Jahren als Kind, junges Mädchen und junge Frau unmittelbar erlebt.

An einem Sommer-Sonntagnachmittag 1949 wanderten wir, wie meist bei Ausflügen, singend zu einer der sogenannten vornehmen Gegenden westlich des Spiegelsbergenweges. Nahe dem kleinen Bahnhof Spiegelsberge bogen wir in die Job-von-Witzleben-Straße ab und gelangten an deren Ende, von wo sich ein weiter Blick in die Landschaft eröffnete, vorbei an Ausläufern der Spiegelsberge.

Wir standen vor einem schmucken Haus, das Frische atmete. Ein Haus mit Vorgärtchen. Hier wohnte Erich Bordach, Oberbürgermeister von Halberstadt. Ein Mann im besten Alter. Sehr freundlich. Offenbar hatte er uns schon erwartet. Wir brachten vor dem Hausgarten ein Ständchen, und danach hatten wir es im nicht allzu großen Wohnzimmer hinbekommen, auf Stühlen und dem Fußboden alle Platz zu finden.

Der OB ließ sich erzählen, was wir in der Schule lernten und in der Freizeit trieben. Dann berichtete er von Dingen, die uns schwer vorstellbar waren.

"Da drüben" - er wies, vor der breiten Fensterfront des Wohnzimmers stehend, zum Westzipfel der Spiegelsberge -, "seht ihr dort den langgezogenen Damm mit den Eisenbahnschienen? Dort sollten Extratransporte rollen, nach Langenstein-Zwieberge, in ein Außenlager von Buchenwald."

Er verstummte, fuhr dann fort: "Man wurde nicht mehr fertig damit. Mit Befehlen, Drohungen, mit Peitschenhieben und Waffengewalt hat man Hunderte Lagerinsassen, meist Zwangsarbeiter und Kriegsgefangene, gezwungen, Stollen in die Thekenberge zu treiben. Für die Rüstungsindustrie, die hier unterirdisch weiterproduzieren sollte. Bis zum Endsieg der Nazis."

Und nach einer weiteren Pause: "Tausende starben an Krankheiten, an Entkräftung, manche bei Fluchtversuchen. Es war die Hölle, sag ich euch, die Hölle. - Nie wieder Faschismus, nie wieder!"

Bordach wusste, wovon er sprach, hatte er doch als Nazigegner am eigenen Leibe Verhöre und Gefängnistorturen erleiden müssen.

Es überstieg unsere Phantasie, und ich erinnerte mich plötzlich, dass wir bei Erholungsausflügen mit Mutter und Oma und Tanten in den Spiegelsbergen bei Verbotsschildern umkehren mussten.

Erich Bordach nannte ein paar Namen seiner Kameraden. Sie werden, meinte er, unvergessen sein.

Er berichtete auch, dass die Stadtverordneten, die Vereinigung der Verfolgten des Naziregimes (VVN) und die Parteien gemeinsam mit den sowjetischen Freunden die Einweihung einer Gedenkstätte an den Zwiebergen vorbereiten. Am Nordhang der westlichen Spiegelsberge war bereits ein kleiner sowjetischer Ehrenfriedhof angelegt worden.

"Es ist noch sehr viel zu tun. Sehr viel. Und ihr", damit wandte er sich uns zu, "müsst vor allem sehr gut lernen. Lernen, lernen, vor allem aus der Geschichte!"

Schweigend gingen wir heim. Wie auch immer, Herr Bordach wusste, dass wir Vor der Klus 1 in der Villa gut aufgehoben waren.

Jedes Jahr ein neues Märchen

Ob es schon 1948 begann oder erst 1949, sei dahingestellt, in jedem Jahr haben wir ein Märchenstück einstudiert. Es begann mit "Rumpelstilzchen".

Mutti Ruth schrieb - ja, wann schrieb sie das eigentlich? Nächtens? - in eigenen Knittelversen ein Laienspiel und vervielfältigte es, besetzte die Rollen und inszenierte die Auftritte, gab Kostümanfertigungen bei den Näherinnen und Erzieherinnen in Auftrag und bat Onkel Reinhold, das Beschaffungsgenie, die nötigsten Requisiten irgendwie zu beschaffen. Es gab kaum einen, der nicht mit einer kleinen Rolle beteiligt war.

Das Rumpelstilzchen sollte ich sein. Warum? Ich war der Kleinste. Ich könnte am besten durchs Schlossfenster, das man sich einbilden musste, purzeln und so. Und so schön kichern. Onkel Reinhold nannte mich schon etliche Zeit scherzhaft "Kleiner Muck".

Mit Speck fängt man Mäuse. Fast jeden zweiten, dritten Tag probten wir an den einzelnen Szenen, wenn nicht Chor auf dem Plan stand.

Es gab nie Langeweile am Abend durch die ständigen Abwechslungen, obwohl an Fernsehen damals noch nicht zu denken war. Gott sei Dank!

Märchen spielen - für wen? In erster Linie für uns selbst, zum Spaß, und für vorweihnachtliche Veranstaltungen in Betrieben und Schulen. Das Laienspiel besaß damals hohes Ansehen, war fast "in Mode", in allen Schulen und größeren Betrieben pflegten Schauspieler oder Deutschlehrer dieses Genre mit hohem Eifer.

Natürlich bekam jeder "seinen" Rollentext mit den vorangehenden Stichworten zeitig in die Hände, um ihn auswendig zu lernen. Ein Erzähler am Rande der Szene überbrückte geschickt den Wechsel des Ortes oder der Situation. Was dem Ganzen künstlerisch zustatten kam, das waren die gern gesehenen "Scharaden" in der Faschingszeit, wo einer vor hauseigenem Publikum eine Mini-Szene spielte, und man musste das Sprichwort erraten, das dem Spiel als Titel zugrunde gelegt war.

Beispielsweise: "(P)robieren geht über studieren": Einer, der eine handwerkliche Arbeit andeutungsweise in der Luft verrichtet, steigt über einen am Boden liegend Lesenden hinweg. Den ersten Buchstaben der Volksweisheit musste man sich jetzt merken: P! Dann folgten neue Szenen. So wurde eine Art Zuschaukunst entwickelt, die allen Spaß machte. Man könnte es auch Etüden nennen.

Und derart griff eins ins andere. Singen, spielen, tanzen. Wahrscheinlich stand auch die Idee dahinter, allmählich herauszubekommen, wo unsere darstellerischen Stärken liegen. Denn es begann allerorten eine Zeit der Wettbewerbe im Künstlerischen, und das reizte.

Dem "Rumpelstilzchen" folgten "Die Prinzessin und

der Schweinehirt" und mit besonderem Spaß einige Streiche aus Wilhelm Buschs "Max und Moritz". Wulf Knüpfer, eine Klassenstufe höher als Rolf-Reinhart und ich, las - sehr deutlich rezitierend - den Text und dazu agierten, fast textlos, die jeweiligen Personen des Streichs.

Der besondere Reiz erwuchs aus dem Pantomimischen, dem Wegfall alles überflüssigen Drumherum. Zuvor hatte ein ganz dickes, großformatiges Wilhelm-Busch-Buch im Heim die Runde gemacht, vermutlich aus Ruth Looses Besitz. "Max und Moritz" spielten wir mindestens ein Dutzend Mal. Eingesetzt war ich da nicht, aber im "Schweinehirt" gab ich den Hirten, der sich in die naserümpfende Prinzessin verliebt, die zunächst Berthild Aleith, später auch Barbara Menne spielte.

Den Text lernte ich ziemlich schnell, doch manchmal überfiel mich die Angst, mein Gedächtnis könne mich total im Stich lassen.

Für solche Fälle saß im Hintergrund eine Souffleuse bereit, so dass man sich eigentlich keine Sorgen zu machen brauchte.

Ein märchenähnliches, phantastisches Stück nach dem gerade neu erschienenen Kinderbuch "Ule Bams wundersame Reise um die Erde" wurde von Mutti Ruth etwa 1950/51 verfasst. Natürlich wieder in Versen.

Die Geschichte handelt von Ule Bam, einem seltsamen Mann, der mit einem Kind und einem Zauberfernrohr - gleichsam interkontinental - von Land zu Land reist, um zu erkunden, wie es Kindern in Ländern der anderen Kontinente ergeht.

Sie müssen, nach wie vor in großer Zahl, durch harte Arbeit zum Lebensunterhalt der Familie beitragen. Pedro in Spanien zum Beispiel, den ich darstellen durfte, hatte auf der Straße Apfelsinen zu verkaufen. Ule Bam und seine "Fluggäste", die man sich wie auf einem fliegenden Teppich daherkommend denken musste, erfuhren, welche Wünsche und Sehnsüchte die Kinder der Straße hegen, und erzählten ihrerseits von einem Land, wo die Kinder ihres Alters ungestört lernen und spielen können. Dabei schloss die Begegnung in Spanien einen Moment ein, wo Pedro zeigen konnte, dass er schon ganz geschickt das Tamborin zum Tanz zu schlagen verstand.

Der Flug des Ule Bam führte durch ein Dutzend Länder und zurück nach Deutschland.

Zum Internationalen Kindertag führten wir die Geschichte unter der Orchesterkuppel des "Felsenkeller" auf und erhielten starken Beifall. Zu Gast waren wir damit auch auf Veranstaltungen in Betrieben.

Das Spiel um Ule Bam ließ ahnen, wie aufmerksam Mutti Ruth die Neuerscheinungen der Kinderliteratur verfolgte, wohl auch mit der Absicht, eines Tages eine Heimbibliothek aufzubauen. Die ersten Bücher, die wir gemeinsam lasen, mit Mutti Ruth als ausdrucksstarker Vorleserin, stammten von Lisa Tetzner: "Erwin und Paul" - und die folgenden Bände über die Schicksale von Kindern eines Berliner Hinterhauses. Atemlos lauschten wir an einigen Abenden Gorkis Erzählungen, zum Beispiel "Wie ein Mensch geboren ward". Gorki zählte zu ihren Lieblingsautoren.

Bei den größeren Jungen kursierten, mehr unter der Hand, immer mal wieder Bände einer älteren Karl-May-Ausgabe, was Mutti Ruth wohl mitbekam und duldete, wissend, dass Karl May in jüngerer Vergangenheit des öfteren missbraucht worden war.

Doch sollte sie den Ostpreußen ihre wilden Träume verbieten? Die Indianerei? Das wäre sehr kurzsichtig gewesen.

Horst Pehlke, der eifrigste Karl-May-Fan, ließ es sich zudem nicht nehmen, Szenen seiner Lektüre, der Beobachtung durch Erzieherinnen ledig, abends im Nachthemd zwischen den Betten nachzuspielen.

Ich habe keines jener Karl-May-Bücher in die Hand bekommen. Für die Vierzehn-, Fünfzehnjährigen gehörte ich nicht zu dem Kreis, dem gewisse Vorrechte zugebilligt wurden.

Rolf-Reinhart hat sich Bücher von Karl May über einen älteren Schulfreund in der Westerhäuser Landstraße ausgeliehen.

Wir werden Pioniere

Gegen Ende 1949, wenige Wochen nach der Gründung der Deutschen Demokratischen Republik, besuchte uns im Heim eine junge Frau, die nur wenig älter sein konnte als Vera und Ortrud, "unsere" ältesten Mädchen im Heim.

Die junge Frau trug eine blaue Bluse, an deren linkem Ärmel eine stilisierte Sonne strahlte. Wir setzten uns auf Stühle in einen großen Kreis, und Mutti Ruth stellte den Gast vor mit einem Vornamen, den ich vergessen habe. Sie sei Mitglied in der Freien Deutschen Jugend von Halberstadt, erklärte der Gast, und es wäre doch sehr schön, gemeinsam zu lernen, zu singen und zu spielen.

Dass so was schön sein kann, wenn es Spaß macht, wussten wir.

Die Instrukteurin erklärte, was die FDJ wolle: ein besseres, ein neues, ein einheitliches Deutschland, das den Völkern für alle Zeiten beweise, dass wir Deutschen tüchtig, klug und hilfsbereit und vor allem friedliebend seien. Dazu bedürfe es sehr großer Anstrengungen von allen in Ost und West, und selbstverständlich werde man sich nie und nimmer mit der vom USA-Lakaien Konrad Adenauer mitverantworteten Spaltung des deutschen Vaterlandes abfinden.

Sie erzählte von sowjetischen Pionieren, die Teil des

großen Komsomol seien, und dass es seit dem 13. Dezember 1948 auch im Osten Deutschlands eine Pionier-Organisation gebe.

"Hier, seht ihr, habe ich ein blaues Halstuch mitgebracht." Sie zeigte es in Kopfhöhe, gestrafft, so dass ein Dreieck entstand. "Es ist, symbolisch gesehen, ein Teil der FDJ-Fahne. Die drei Spitzen, die zusammengehören, bedeuten Elternhaus, Schule und Pionierorganisation. Es ist eine Ehre, das Halstuch zu tragen. Und eine Verpflichtung."

Und nun folgte eine Zeitlupen-Vorführung, wie man das Tuch, zunächst von der größten Seite her etwas eingerollt, hinter den Hals legt und, mit den zwei äußeren Zipfeln beginnend, einen Pionierknoten formt.

Ziemlich schwierig, fand ich. Aber jeder durfte es mal versuchen.

Für die älteren Ostpreußen wie Siegfried und Horst, Erich und Herbert war das nichts, sie waren gerade über die Vierzehn hinaus gewachsen.

Spielerei. Offenbar eine Werbeschau.Wollte die Jungsche hier eine neue Pioniergruppe gründen?

Mutti Ruth fand es gut und richtig, den Pionieren beizutreten, ihre Aktionen mitzutragen. Aber das sollte im jeweiligen Klassenverband, dem jeder als Schüler nun mal angehörte, geschehen. Die Lernwettbewerbe an den Schulen liefen ja auch auf Klassenbasis, und jedes Alter hatte halt seine Besonderheiten.

Mutti Ruth wollte mit großem Taktgefühl und einiger Diplomatie vermeiden, dass uns in unsere kulturelle und politische Arbeit von der FDJ-Kreisleitung her hineindirigiert wurde. Nur so konnte ich ihre - auch bei anderer Gelegenheit gegebene - Empfehlung verstehen, wir sollten uns in der Schulklasse, wo nur möglich, von Leitungsfunktionen fern halten, da das absehbar die kulturelle Arbeit im Heim beeinträchtige. Was ja bei unserem kilometerweiten Abseits auf der Hand lag.

Im großen und ganzen folgten die Kluser, zumindest zu diesem Zeitpunkt, der unterschwelligen Abwehr, sich "führend" ins Zeug zu legen. Wenn schon, dann kollektiv Pioniergeist fürs Heim!

Trotzdem kam ich an der Marx-Engels-Schule in der 6. und 7. Klasse irgendwie in kleinere Funktionen, wurde Gruppen-Trompeter und später Zeitungsverkäufer. Der Witz dabei war: Es gab gar keine Trompete, aber die Funktion musste besetzt werden, damit man "nach oben" ein gutes Bild abgab, und wahrscheinlich hatte ich im richtigen Moment nicht protestiert. Und Zeitungen verkaufen, na ja, das konnte man ja in den Pausen und auf dem Nachhauseweg abwickeln. Und es gab Wettbewerbspunkte. Und ein bisschen ehrgeizig war ich schon, das gebe ich zu.

Mutti Ruth wollte sich die erzieherischen Fäden nicht aus den Händen nehmen lassen. Ihre Wünsche und Visionen für die nächsten Jahre erwiesen sich als richtig. Unser politischer Beitrag, sollte mal danach gefragt werden, war eben kultureller Art.

Wir traten als Pionierchor auf, mit blauen Halstüchern und ohne. Zu den ersten Volkskammerwahlen im Herbst 1950 zogen wir vor einige Wahllokale und erklärten in der Art der Bänkelsänger, unterstützt von großformatigen satirischen und humorvollen Zeichnungen, was in dieser Zeitenwende auf dem Spiele stand. Die Karikaturen hatte zuvor Joachim "Acki" Schwede, ein absolutes Zeichentalent, aufs Papier gebracht. Er entrollte im richtigen Moment der gesungenen Textpassage das zugehörige Leinwand-Blatt oder zauberte es aus dem Nichts. "Acki" besuchte später die Mittelschule.

Wir warben bänkelsingend für die Kandidaten der Nationalen Front der DDR. Obgleich wir sie persönlich nicht kannten. Keinen, abgesehen vom Oberbürgermeister und dem Schuldirektor.

Aber wir vertrauten allen. Fort mit den Trümmerm und

was Neues hingebaut! Der Schwung der neuen Lieder riss mit, elektrisierte.

"Das neue Leben muss anders werden", "Du hast ja ein Ziel vor den Augen" - es gab kaum ein neues Lied, das wir nicht zumindest eine Zeit lang mitsangen. Unglaublich, aber wirklich geschehen: Selbst Tageszeitungen und Wochenzeitungen verbreiteten die neuesten Kompositionen mit Text, wenn sich ein Titel als schlagkräftig erwiesen hatte.

1950

Die Erzieherinnen Käthe, Ilse, Regina

Mutti Ruth und Onkel Reinhold waren stets für uns da, ob werktags oder sonntags, ob früh oder spät. Ein großer erzieherischer Vorteil.

Ein Heim dieser Größe braucht jedoch mehr als zwei Erzieher, um in Gruppen oder gelegentlich einzeln etwas unternehmen zu können.

Als ich im März 1948 ins Heim kam, beeindruckte mich neben Frau Loose Tante Käthe. Die hochgewachsene, strohblonde Tante Käthe wirkte auf mich im Äußeren recht streng. Ihre straff nach oben zu einem Vogelnest geflochtenen Zöpfe und ihre scharfkantig "geschnittene" Nase erinnerten mich an eine hübsche Käte-Kruse-Puppe oder eine Märchenbuch-Illustration.

Sie zauberte aus Strohhalmen, Kastanien, Eicheln, Papieren und Fädchen die erstaunlichsten Figuren, die dann auf Tischen und Schränken ihren Platz fanden. Mit welcher Ausdauer sie das immer wieder bastelte, vorführend und erklärend, das verriet Spitze. Im übrigen, so schien mir, lag ihr mehr die Beschäftigung mit den Sechs- bis Zehnjährigen. Die Älteren drängten eher nach draußen, zu Ball- oder Indianer-Spielen.

Tante Ilse, etwas kleiner und stämmiger, war das ganze Gegenteil von Tante Käthe. Sie fand bei den etwas Älteren stets das richtige Wort, hatte immer gute Laune und machte auch manchen Scherz mit. Sie war bei allen jemand, mit dem man, wie es heißt, Pferde stehlen konnte. Bei heiklen Dingen, wussten wir, würde sie bestimmt verschwiegen sein.

Natürlich half sie mit, wenn es um die indianergerechte

Ausstattung der älteren Ostpreußenjungen ging, denn da nutzte sie eigene Reserven aus dem häuslichen Umfeld oder sprach die Frauen der "Nähstube" im Mansardengeschoss an.

Bei so vielen Kindern mussten Nähfrauen beschäftigt werden, wenn auch nur für Stunden.

Tante Ilse war ein Faktotum. Sie sang mit, was wir sangen, kannte Abzählreime und lustige Sprüche, spielte die Spiele der Mädchen und der Jungen mit, wusch Wunden aus und versorgte mit Wundpflaster, kannte Salben und Tinkturen, legte Verbände um Verletzungen und las abends auch mal vor.

Schade, dass ein Mann sie so schnell wegschnappte, der dann aus Halberstadt wegzog. Mit ihr.

So ist das Leben. Nichts bleibt, nur die Erinnerung.

Tante Regina hatten wir zum Glück etwas länger. Von sehr schlanker Gestalt, lag ihr das Burschikose im Umgang nicht so, dafür hielt sie viel von Konsequenz, man konnte mit ihr nicht mauscheln. Was einmal gesagt war, musste sein. Tante Regina hielt uns mehrere Jahre die Treue, sie heiratete sogar in Halberstadt und bekam ein Baby. Doch eines Tages hieß es auch bei ihr: Schade, dass du von uns Abschied nehmen musst.

Neue Erzieher folgten. Wenn ich hier abbreche, dann nur, weil sie keine stärkeren Spuren in meiner Erinnerung hinterlassen haben.

Alle wichtigen erzieherischen Impulse gingen von Mutti Ruth und Onkel Reinhold aus.

Sie hatten uns mehrmals an Abenden, über Wochen, aus Makarenkos Buch "Der Weg ins Leben" vorgelesen, und irgendwann einmal fiel ein Satz, den ich mir dem Sinne nach gemerkt habe, weil er mir als Leitsatz von Mutti Ruths Bestrebungen erschien: Es kommt sehr darauf an, sich und anderen ein verlockendes, lohnendes Ziel zu setzen. So schafft man es, Freude auf den neuen Tag, auf etwas Kommendes zu stiften.

Mutti Ruths Ehrgeiz war es, möglichst früh vielen eine reiche musikalische Bildung zu vermitteln. Sie wusste, dass gute Musik Takt, Empfindungen und Gefühle ausbilden hilft. Und von uns "Klusern" sollte man eines Tages in Halberstadt noch reden hören.

Delegiert zum 1. Deutschlandtreffen in Berlin

Die Jugend aus ganz Deutschland solltc sich zu Pfingsten 1950 in Berlin treffen. Dort wollte sie vor aller Welt bekunden, dass sie mit allen Völkern friedlich zusammen leben möchte und dass sie die unnatürliche Spaltung Deutschlands nicht anerkennt. So ähnlich stand es in den Zeitungen.

Veranstalter war die Freie Deutsche Jugend. Da durften die Jungen Pioniere nicht fehlen. Überall wurden Wettbewerbe ausgerufen, die Besten zu ermitteln, in Betrieben, in Verwaltungen, in Schulen, Hochschulen und Heimen. Punktesysteme wurden ersonnen, manchmal schwer durchschaubar, mit denen festgestellt werden sollte, wer am würdigsten sei, zu diesem Treffen zu fahren.

Monate voller Spannung und Anspannung. Es gab keine Schule, die sich da ausschloss.

"Fort mit den Trümmern und was Neues hingebaut!" - so hieß die Losung, die nur negieren konnte, wer bösartig war. Die neuen Lieder der FDJ klangen schmissig und prägten sich auch schnell ein.

Irgendeine obere Behörde muss dann sehr schlau aufgeschlüsselt haben, wie viel Jungpioniere von Halberstadt würdig sein dürfen, nach Berlin zu fahren. Von unserer sechsten Klasse der Marx-Engels-Schule waren das exakt vier, darunter Rolf-Reinhart Loose und ich.

Warum gerade wir, danach fragten wir besser nicht. Wir freuten uns einfach. Kostenlos eine Berlin-Fahrt, und dann noch in wasserdichten Zelten übernachten, das ist doch einfach "knorke", wie es damals berlinisch hieß. Da nahm man auch einige weniger angenehme Umstände der Vorbereitung in Kauf.

Zum Beispiel: geschult zu werden. Denn: Man kann ja nicht jeden in Berlin laufen lassen, wie er will, wann er will und wohin er will. Solch ein Gewimmel von Hunderttausenden verlangt Disziplin, und gut marschieren erfordert einige Übung.

Also trafen sich alle Halberstädter Delegierten blockweise an bestimmten Tagen im und am Haus der Kreisleitung der FDJ in der Südstraße. Blaubehemdete Ältere übten mit uns die damals bekanntesten Lieder der FDJ ein, vor allem Becher/Eislers "Auf den Straßen, auf den Bahnen/ Seht ihr Deutschlands Jugend ziehn..." Das geschah in den größeren Räumen der FDJ-Kreisleitung. Dabei erklärte man uns nebenbei pipapo, was wir in den persönlichen Rucksäcken alles mitzunehmen hatten und was nicht.

Die Spannung vor Pfingsten stieg von Tag zu Tag. Schließlich wurde wenige Tage vor der Abfahrt geprobt, wie man eine größere Marschformation aus einem ungeordneten Haufen heraus zusammenstellt. Jeder musste sich merken, wo sein Platz in der Formation war, und auf den Neben- und den Vordermann achten. Schließlich sollte es ein ästhetisches Bild ergeben, das Bild einer kernigen, bewussten Entschlossenheit und nicht das einer "Hammelherde".

Natürlich bildeten die Pioniere einen für sich geschlossenen Block mit kurzer blauer Hose, weißem Hemd und blauem Halstuch. Der höhere Wunsch nach Perfektion ging so weit, dass man, als alles ein- und angewiesen war, probeweise den Marsch durch einige Straßen tatsächlich vollzog - einmal ums große Häuserkarree, singend, trommelschlagend, sich bei Patzern rasch korrigierend... Die Südstraße blieb, bis die Übung beendet war, für den Verkehr gesperrt.

Kurz vor Pfingsten fuhr uns ein Sonderzug zu einem Haltepunkt nahe dem Gelände "Wuhlheide" am Rande Berlins. Wo der Zug hielt, befand sich kein Bahnhof, und es hieß, jetzt werde gelaufen, quer über freies Gelände, bis zum geplanten Standort der Zelte.

Rolf-Reinhart und ich halfen beim Aufbau eines mittelgroßen Mannschaftszeltes, schlugen Heringe ein und gruben Abflussrinnen für den Regen, falls welcher kommen sollte. Im Zelt fanden mehr als 20 Jungen Platz. Wie viel Zelte die Halberstädter beanspruchten, weiß ich nicht. Es entbrannte bald ein Wettbewerb um das am schönsten gestaltete Stadtwappen und die gelungenste Gesamtgestaltung um das ganze Zelt herum. Der Boden - eine einzige Sandbüchse!

Noch gab es im Mai 1950 nicht die Pionierrepublik "Wilhelm Pieck" am Werbellinsee, die befand sich erst im Aufbau. Die Toiletten, in Holzbaracken, bestanden in der Wuhlheide noch aus sehr einfachen "Plumpsklos", die später richtigen sanitären Anlagen weichen sollten.

Uns störte das kaum. Denn alles war ein Abenteuer, alles. Ob der Fahnenappell, der Lagerrundfunk oder der Probeaufmarsch.

Ich wusste, dass auch mein Bruder Heinz in Berlin war, Gymnasiast von der DORA, der Dom- und Ratsschule, und das machte mich ein bisschen stolz. Allerdings war er außerhalb der Wuhlheide untergebracht, und die Großen hatten ihr eigenes Programm.

Wir trafen uns mit ausländischen Mädchen und Jungen, erlebten Kulturprogramme auf einer großen Freilichtbühne. Aber das Eigentliche, worauf alle gespannt waren, kam dann zu Pfingsten: Das berühmte Moissejew-Ensemble trat auf.

Ein strahlend sonniger Tag mit enorm drückender Hitze. Einige, aber nicht von uns, kippten um und mussten von Sanitätern des Deutschen Roten Kreuzes weggetragen werden zu Stützpunkten.

Die sowjetischen Tänzer und Sänger begeisterten Zehntausende in einem großen Stadion mit ihren unglaublich artistischen Leistungen. Ja, sie tanzten ganze Geschichten mit Spaß und Witz und Leidenschaft, dass man kaum Worte dafür finden konnte.

Am Pfingstsonntag demonstrierten wir im Zentrum Berlins, Unter den Linden, an Wilhelm Pieck, dem verehrten Präsidenten, an Otto Grotewohl, an Berlins Oberbürgermeister Friedrich Ebert und vielen ausländischen Ehrengästen vorbei und ließen sie "hoch!" leben. Auch die Präsidenten Bierut, Rakosi und Gottwald. Es fiel uns dabei sichtlich schwer, zugleich Ausschau und "Linie" zu halten, wie es eingeübt worden war.

Wilhelm Pieck gesehen zu haben, beeindruckte uns sehr, auch die festliche Stimmung des Ganzen. Wir erblickten in den Straßen und auf den Plätzen immer wieder bunte Trachten, getragen von jungen Sorben, Bayern, Schwaben, Rheinländern, Friesen...

Ein gesamtdeutsches Treffen. Allen hier schien es unvorstellbar, dass sich das erklärte Ansinnen der Bonner Herren durchsetzen könnte, die Spaltung Deutschlands zu zementieren.

Ferientage zwischen Brocken und Steinerner Renne

Mutti Ruth und Onkel Reinhold waren, was den Harz angeht, sehr bewandert. Aus ihrer Zeit des "Wandervogels", den zwanziger Jahren. 1949 hatten sie eine kleine Gruppe von Mädchen und Jungen auserkoren, für einige Tage in der Nähe des Molkenhauses zu zelten. Mit elf schien ich damals zu jung dafür zu sein, auch körperlich zu schwach.

Per Handwagen und Rucksäcken musste nämlich alles Gepäck ab Hasserode und dann, nahe der Steinernen Renne, hinauf in Richtung Brocken gezogen und getragen werden. Ziel: das Molkenhaus. Es lag hinter den Renneklippen und den Öhrenklippen, mitten im Gebiet der vielen Rinnsale, die sich hier in der Nähe zur Holtemme, die später durch Halberstadt fließt, vereinigen.

Diesmal, ein Jahr später, durfte ich dabei sein. Es war uns zumute, als zögen wir ins nördliche Kanada. Abenteuerromantik pur. Bis Wernigerode - ein Klacks mit der Eisenbahn. Dann umsteigen in die Harzquerbahn und aussteigen am Bahnhof Hasserode. Und nun stundenlang bergauf. Mit Pausen freilich.

Die Waldluft und das Moos erquickten und verscheuchten trübe Gedanken. Wie oft sich auch die Wege wanden, wir sprachen uns gut zu und probierten manchmal, ob es mit dem Echo klappt? "Wie spät ist es in Machdeburch?" - "Achte durch." - Und andere lustige Fragen an das Echo. Manche versuchten sich im Jodeln. So vertrieben wir aufkommenden Unmut.

Dann, in mehr als 600 Metern Höhenlage, stieg der Weg kaum noch an, und wir entdeckten Rinnsale, die klares Wasser führten. Und schließlich, nach etlichen Stunden, zeigte Onkel Reinhold auf eine sich öffnende Lichtung und eine große Wiese: am hintersten Rande - das Molkenhaus.

Hier wurden in alter Zeit sommers die Kühe gemolken. Seit Jahren aber stand die riesige Scheune leer.

Natürlich hatten wir den Proviant für die ersten Tage mit hochgekarrt. Aber Nachschub holen, das hieß mit Handwagen kilometerweit die Sachen heranwälzen. Also musste man möglichst sparsam wirtschaften und durfte nichts verkommen lassen.

Jemand fand, das eiskalte Wasser eines nahen Rinnsales sei dort, wo es sich ein Becken ausgespült hatte, ein hervorragender Kühlschrank. Etwa nicht? - Die Idee fand Zustimmung. Wie auch sonst sollten sich Butter, Margarine und Wurst halten?

Eine Feuerstelle fürs Kochen existierte von früher her. Graupen, Haferflocken, Gries, Nudeln, ja sogar einige Packungen Trockenmilch wusste Onkel Reinhold zu beschaffen, so dass einige Suppen leicht zuzubereiten waren. Wir hatten uns auf Einfachstes eingestellt. Wurstkonserven wanderten vor ihrem Verbrauch in die eiskalte "Wassertruhe". Bei ausgedehnteren Wanderungen wurde dies oder das nachgekauft.

Die Umgebung bot ideale Schauplätze und Anregungen zum "Indianern". Die Karl-May-bewanderten Ostpreußen schnitzten Pfeile, Bogen, Speere, Tomahawks, so gut sie es vermochten, aber sie lernten auch, essbare Pilze erkennen, worin sich Onkel Reinhold bestens auskannte. Steinpilze, Maronen, Ziegenlippe - einiges ließ sich in die Suppe schnippeln oder braten. Beeren sammeln machte gleichfalls Spaß, man musste nur die richtigen Stellen finden.

Beglückend, ja geradezu unglaublich, dass uns die ganzen Tage über kein einziger Wanderer oder Wilderer behelligte.

Die vielen Felsenklippen unterhalb des unmittelbaren Brockenmassivs bedeuteten eine Herausforderung. Besonders für die großen Jungen um Siegfried Bodlin. Immerhin hatte er sich schon in den Klusbergen an den sogenannten "Fünf Fingern" versucht...

Zum Glück konnten Mutti Ruth und Onkel Reinhold die pure Kletterlust der Großen mit ernsten Warnungen einigermaßen zügeln. Schlimm, wäre jemand abgestürzt. Weit und breit keine ärztliche Hilfe in Sicht, nicht mal ein Telefon, um Hilfe anzufordern!

Für Schnittwunden hatten wir Pflaster und Binden mit, das war schon fast alles. Mutti Ruth war heilfroh, dass ihre sanften Warnungen auf fruchtbaren Boden fielen.

Dafür durften die Großen, bitte schön, indianern soviel sie nur wollten. Lektüre von Mutti Ruth trug dazu sogar noch bei. Der Titel "Blauvogel" von Anna Jürgen. Ein ganz neues Buch. Daraus las sie mal vor.

Ein kleiner weißhäutiger Junge in Nordamerika, in Kriegstagen unter die Indianer geraten, wird von diesen aufgezogen und "Blauvogel" genannt. Und später mit Überfällen der weißen Eroberer konfrontiert. - Auf welcher Seite wird er nun kämpfen?

Leben, Denken und Fühlen der Indianer genossen damals eine starke Sympathie bei den Ostpreußen, denn sie hatten ihre Heimat verloren, und den Indianern wollte man das Land mit List und Waffengewalt rauben.

Ich glaube, Mutti Ruth verstand die Gefühle der Ostpreußenkinder sehr gut. Mir dagegen waren sie eher fremd, ich beobachtete sie aufmerksam, aber von außen.

Erzieherinnen gab's am Molkenhaus nicht, sieht man mal von Mutti Ruth und Onkel Reinhold ab. Ein kleinerer Teil Kinder war im Heim verblieben, und die Schulferien - acht Wochen - forderten ihren Tribut.

Einmal während dieser Molkenhaus-Tage wanderten wir zum Brocken hinauf. Wanderführer Onkel Reinhold besaß zum Glück eine gute Karte. Leider versagte uns der Wettergott eine gute Sicht in das Harzvorland, aber damit hatten wir gerechnet. Gute Aussichten sind da oben selten.

Auf dem Rückweg überraschte uns ein Unwetter, wir wurden in Wolken und Nebelwände eingehüllt. Alles Unter-die-Bäume-stellen half wenig, wir wurden gnadenlos durchnässt. Und plötzlich stellten wir fest, dass wir im Kreis liefen. Herrjeh! Herrjeh! Das war Onkel Reinhold aber peinlich. Es haben sich schon Generale verrannt, meinte einer, warten wir den Regen einfach ab!

In solchen Situationen sollte man nicht die Nerven verlieren, sondern "kaltes Blut und warme Unterhosen" bewahren, wie Onkel Reinhold zu scherzen versuchte.

Als sich der Nebel etwas gelichtet hatte, entdeckten wir, dass wir kurz vorm Molkenhaus ausgeharrt hatten, ohne es zu ahnen.

O Gott, wie kriegen wir das Zeug bloß wieder trocken? Gemach, es trocknete auf einer zwischen Tannen gespannten Leine.

Nicht weit davon befand sich übrigens ein "Donnerbalken" benanntes querliegendes Gehölz, das mit Vorliebe die Freizeitindianer "für hinterlistige Zwecke" benutzten. Doch solche Balance-Kunst beherrschte ich nicht und ging lieber auf ein eigenes Örtchen im Wald.

So einfach kann Leben sein. Faulenzen, singen, Beeren sammeln, Essen zubereiten, singen, herumstromern, lesen, sich sonnen, Steine sammeln, im Rinnsal waten, bis die Füße schmerzen. Es gab keinen Plan. Das war es. Es gab nur die Pflicht, nichts, aber auch nichts verderben zu lassen.

Alles ist kostbar, wenn es knapp ist. Nicht mal ein Radio hatten wir. Wir lebten außerhalb der Zeit, nach Sonnen-Auf-und-Untergang geregelt. Wunderbar. So natürlich kann Leben sein.

Dass unmittelbar westlich des Brockengipfels eine Grenze verlief, wussten wir. Na und? Wer es unbedingt wollte, konnte hier leicht "rüber". Die Kontrollen geschahen nur weitmaschig. Aber direkt Sehnsucht nach drüben hatte niemand von uns.

Im übrigen konnte man damit rechnen, dass sich Angehörige einer Familie aus dem Westen meldeten und Heimkinder suchten. So geschah's mit den Meyers. Hansgeorg und Edith Meyer waren plötzlich gefunden worden, und Wochen später hörten wir, sie lebten jetzt in Hamburg.

Schade, dass es am Molkenhaus keine Kühe gab. Ein paar Ostpreußen hätten keine Schwierigkeiten gehabt, ihnen ans Euter zu greifen.

Das Erlebnis Molkenhaus blieb für mich einmalig. Es stiftete eine Erfahrung: Das Glück des Menschen ist nicht an materielle Ausstattung gebunden. Es ist eine blühende Sommerwiese. Das Glück ist, von anderen verstanden zu werden. Glück ist, gute Freunde zu haben.

Wer ein Instrument spielen lernt

1949 wurde das aus dem ehemaligen "Elysium" umgebaute Volkstheater Halberstadt an der Straße der OdF (Opfer des Faschismus) eröffnet. Die Halberstädter waren stolz auf ihr neues Theater. Die meisten Inszenierungen wurden zum Stadtgespräch. Verständlich, dass Mutti Ruth wünschte, uns irgendwann, wenn es der finanzielle Spielraum zulassen würde, die Welt des professionellen Theaters zu erschließen.

Es kam auf den richtigen "Einstieg" an. Wie benimmt man sich angemessen? Wie kleidet man sich? Wie bereitet man sich geistig darauf vor? Das musste sie schon lange beschäftigt haben, bevor sie eines Tages Kirchenmusikdirektor Hans-Hermann Kurig ins Kinderheim einlud. Thema: Was ist eine Sinfonie?

Wir saßen locker um den Flügel herum, im Halbkreis, und lauschten den Erklärungen Kurigs. Welche Sinfonie er zum Interpretationsbeispiel erkor, ist mir leider entfallen. Wahrscheinlich eine Beethovensche. Kurig sagte etwa, eine Sinfonie sei der Gipfel der Kompositionskunst, die absolute Spitze. Nahezu jede Sinfonie sei in drei Sätze gegliedert. Jeder Satz trage charakteristische Bezeichnungen, die in italienischen Worten ausgedrückt werden.

Zwischen den Sätzen seien Pausen zu beachten. Und bitte ja nicht nach dem ersten oder zweiten Satz Beifall klatschen, das wäre ungeheuer peinlich, denn damit verrate man, das man überhaupt nichts verstehe von Musik.

Ferner habe jeder Satz ein Thema - Kurig spielte eines vor auf dem Flügel - , das sich in der Regel in bis zu acht Takten entfalte. Und dieses Thema werde aufgenommen von anderen Instrumenten, weitergemodelt und variiert, ja unter Umständen gar umgekehrt oder rhythmisch verfremdet, in andere Farben getaucht.

Alle Instrumente spielten miteinander und zugleich gegeneinander. Sie seien Stimmen eines großen Ganzen, das zusammenklingt und große Gefühle auszudrücken vermag.

Kurig spielte eine Verfremdung. "Hört ihr das Thema des ersten Satzes heraus?" Er wiederholte es, lehnte sich zurück, eine Denkpause einschiebend. Dann erzählte er, wie ein Komponist auf seinThema kommt, wie er es verwirft, wie es ihn heimsucht... Wieso die ganze Welt aus Tönen besteht.

Uns eröffnete sich eine geheimnisvolle Welt, verführerisch und entdeckenswert. Vorausgesetzt, man lernt ein Instrument allmählich beherrschen.

Genau hinhören, das sei eine Kunst, die erlernt werden kann und erlernt werden sollte. Das Beste freilich wäre, man könnte dafür Unterricht nehmen.

Die Runde mit Kurig zielte auf einen Konzertbesuch. Und vielleicht auf etwas mehr. Vielleicht ließe sich eines Tages eine heimeigene Instrumentalgruppe (Duo, Trio, Quartett usw.) aufbauen? Das brächte neue Farben ins Programm.

Bald stellte Mutti Ruth tatsächlich die Frage: Wer möchte welches Instrument spielen lernen? Klar, nicht jeder kann Klavier spielen, es ist nur eines zum Üben vorhanden. Und so ergab es sich letztendlich, dass Wulf Knüpfer, Rolf-Reinhart Loose und Horst Pehlke sich für das Klavierspielen entschieden, Hansgeorg Meyer für die Gitarre, einige Mädchen für Blockflöte, Rüdiger Loose und ich für die Violine. Es sollten später noch andere hinzukommen.

Unterricht erhielten Rolf-Reinhart, Wulf und Horst bei der sehr beliebten und bekannten Klavier-Pädagogin Herta Rennebaum. Sie veranstaltete von Zeit zu Zeit mit ihren besten Schülern in einer Aula öffentliche Klavierkonzerte, die großen Anklang fanden.

"Rolle" stand ja nun schon einige Zeit dirigierend vor uns, wenn wir als Heimchor auftraten, und da war das Klavierspiel einfach ein Muss!

Weshalb ich zur Violine kam? - Vermutlich, weil man sie "Königin der Instrumente" nannte. Zwar sei sie - von der Größe her - nur eine "halbe Geige", doch spielen könne man darauf wie Stradivari.

Einmal in der Woche fuhren Rüdiger und ich, ausgerüstet mit soliden, durch Schonbezüge geschützten Geigenkästen, mit der Straßenbahn in die Voigtei nahe der damaligen Endhaltestelle. In einem dreistöckigen, ehrwürdigen Fachwerkhaus, Voigtei 48, wohnte im zweiten oder dritten Stock unsere Violinlehrerin, eine sehr korpulente ältere Dame mit einem gütigen Blick, der sofort Vertrauen weckte. Es hätte meine Oma sein können.

Das Zimmer, in dem sie unterrichtete, schien mir vor alten Möbeln, Instrumenten, Erinnerungsstücken, Porzellan, Fotos, Gemälden, Notenstapeln und kostbaren Vitrinen zu bersten. Ein Wunder, dass da noch ein paar Stühle hineinpassten. Das Klavier stand in der Nähe des Fensters, so dass Tageslicht von links auf die Noten fiel.

G, D, A, E - so heißen die Saiten. Geh, du alter Esel! Die berühmte Eselsbrücke. Und die Oktave: c, d, e, f, g, a, h, c. Es fiel nicht leicht, die Töne sauber zu greifen und den Bogen so zu führen, dass er nicht kratzte. Kolophonium hieß das Zauberwort, und noch wichtiger war die richtige Körperhaltung. Standbein und Spielbein. Linken Kieferknochen richtig aufsetzen auf die Mulde! Nicht so verkrampft! Locker, locker!

Rüdiger, vier Jahre jünger, und ich wechselten einander ab im Vorspielen, so dass auch Anspannung und kritische

Analyse einander ablösten. Madame X. (man verzeihe mir, den Namen habe ich mir nicht bewahren können) verfügte über eine schier unerschöpfliche Geduld mit uns, ihren jungen Schülern. Und über Sinn für Humor. Immer schön die Fingernägel kurz halten, sonst kann man die Fingerkuppen nicht sauber und bequem aufs Brett setzen! Ach ja.

Am Schluss der Stunde notierte sie in einem besonderen Heft, was von wem bis wann zu üben war bzw. woran man soeben gearbeitet hatte.

War eine Stunde um, erschienen klingelnd schon die nächsten Eleven. So lief das wohl rund zwei Jahre, bis wir einen Lehrer "ins Haus", Vor der Klus 1, bekamen, einen jungen Orchestermusiker.

Bei ihm geriet ich in Schwierigkeiten. Er hatte nicht die Riesengeduld wie einst Madame X.

Den Gitarrenunterricht erteilten inzwischen, wenn weder Hausaufgaben für die Schule noch Gartenarbeit vonnöten waren, abwechselnd Mutti Ruth und Onkel Reinhold. Sie spielten, nach meinem Gehör zu urteilen, kunstvoll und perfekt.

Bei all unserem Musikunterricht ging es in erster Linie mehr um künstlerische Empfindsamkeit als um Perfektion. An Musiker als Beruf dachte, glaube ich, kaum jemand. Doch einer wurde es später: Wulf Knüpfer. Er spielte Oboe in einem Militärorchester in Berlin.

Damals, als wir intensiv mit Musikinstrumenten zu üben begannen, führten uns Mutti Ruth und Onkel Reinhold auch in die Kunstgattung Oper ein. "Hänsel und Gretel" von Humperdinck stand auf dem Programm. Eine Geschichte von Not, Grausamkeit, List und Glück. Ein Grimmsches Märchen mit volksliedhafter Musik. Aber warum musste Hänsel von einer Frau gesungen werden? Da muss sich der Komponist doch etwas dabei gedacht haben!

Und so, alles hin- und herwendend, entdeckten wir die

Oper als etwas höchst Reizvolles. Im nächsten Jahr, 1951, gingen wir schon ins Abonnement: Schüler-Theaterring! Dem Volkstheater Halberstadt verdanke ich viele glückliche Stunden meiner Jugend.

Hier in Halberstadt begann einst der erfolgreiche Weg für viele der später Berühmten: Theo Lingen, Bobby Bölke, Lutz Jahoda, Maria Cronen...

Übrigens, mancher Ziegelstein des Volkstheaters an der Straße der OdF war aus den Häusertrümmern von 1945 geborgen worden.

So viel Heimlichkeiten

Wenn Weihnachten oder Ostern nahten, in den ersten Jahren, durchzog eine geheimnisvolle Spannung unsere Gemüter. Wie wird es diesmal sein? Wird es ein bissel mehr geben? Wird es was Praktisches sein?

Anfang Dezember, vor Nikolaus, hieß es: Wir wichteln! Ja, was ist ein Wichtel? Eigentlich ein Zwerg, der überraschen und zaubern kann. Und vor allem unsichtbar bleibt. Jeder bastelt oder besorgt (aber bitte nur auf absolut redliche Weise!) ein kleines Geschenk, das er schön verschwiegen verpackt und in einem unbeobachteten Moment einem Zimmer-Mitbewohner unter das Kopfkissen legt. Der Finder sollte sich darüber echt freuen, und sei es nur eine klitzekleine Nettigkeit.

Nun, der Brauch fand Anklang und gefiel uns. Ebenso das Geschenk, selbst wenn es nur eine kunstvoll zur Figur ausgeschnitzte Kastanie war oder ein eingewickeltes Bonbon.

Vor Ostern durchkämmten wir großflächig das Gelände des Villagrundstücks. Denn die verstecken wollenden Hasen sollten ja keinen großen Bogen um das Gelände machen.

Frühlingslieder in den Sangesrunden früh und abends. Auf Kommoden und Tischen zierten Frühblüher aus eigenem Garten die Räume.

Ostern 1948 hatte der Osterhase für jeden ein gekochtes Ei unter Büschen und zwischen Blumen versteckt, 1949 waren es schon zwei gefärbte, 1950 gar drei. Merkwürdig, dass sich so etwas in der Erinnerung festhakt. Und diverse kleine Süßigkeiten galt es ebenso einzusammeln in einen großen Korb, dessen Inhalt erst dann gerecht verteilt wurde.

Nicht jedes mal spielte das Wetter so richtig mit, deshalb musste man von Jahr zu Jahr auf neue Einfälle sinnen. Im dritten oder vierten Jahr, also 1950 oder 1951, besorgte sehr früh klammheimlich ein Vorkommando unter Onkel Reinholds Leitung (es waren ausgesuchte Indianer, wozu ich nicht zählte) die Arbeit der Osterhasen. Sie verbargen in den Spiegelsbergen, einige hundert Meter hinter den Tennisplätzen jenseits der Sternwarte, links und rechts eines breiten Wanderweges die Köstlichkeiten. Eingeschärft wurde ihnen zuvor, sie müssten sich unbedingt genau merken, wo sie abgelegt hatten. Na, ob das so aufgehen würde? In einem Waldstück von mehreren Hektar Größe!

Versuch macht klug, sagt der Volksmumd. Am Ostersonntagmorgen, ehe die ersten Waldspaziergänger zu erwarten waren, zogen wir, das Frühstück im Magen, über den Sandweg los. Mutti Ruth, mit der unvermeidlichen Gitarre behängt, wies in die richtige Richtung. Man konnte ja annehmen, dass sie mit dem Osterhasen im Bunde war.

"Und wieder blühet die Linde", "Der Kuckuck und der Esel, die hatten einen Streit", "Heute wollen wir das Ränzlein schnüren", "Auf du junger Wandersmann". Singend ließ sich am besten die Zeit vertreiben. Vorbei also an den menschenleeren Tennisplätzen, die hermetisch einen Zugang verwehrten, vorbei an etlichen kleinen Höhleneingängen, aus denen merkwürdig Kälte quoll und die wir keinesfalls betreten sollten. Einsturzgefahr! Denn das ist alles nur bröselnder Sandstein. Dann der Haltepunkt.

"Links und rechts die Hänge hinauf und da etwa im Umkreis von hundert bis zweihundert Metern. Hier sind die Körbe. Alles wird erstmal eingesammelt. Viel Glück!"

Natürlich genossen die "Verstecker" von heute früh, die Eingeweihten, ihren Vorteil und fanden etliches ziemlich problemlos wieder. Aber am Ende kam doch nicht alles hundertprozentig zusammen. Ein geringer Anteil fehlte. Meinte Onkel Reinhold.

Ob schon Spaziergänger unterwegs gewesen sein könnten? Glaube ich kaum. Oder hat sich ein schlauer Fuchs eine Reserve angelegt? Höchstens das große Auge Gottes dürfte da etwas wissen.

Zufrieden wanderten wir heim. Wieder singend. "Drei Gäns' im Haberstroh, saßen da und waren froh". Von fern läuteten Kirchenglocken.

So viel Heimlichkeiten. Davon gab's auch andere. Gelegentliche Liebeleien. Der hat's mit der, und die hat's mit dem. Genaues weiß man nicht. Als Horst Pehlke, "Storch", zum Gymnasium übergewechselt war, fand er dort ein Mädchen hübsch. Bald durfte er sie begleiten. Öfter hörte ich so nebenbei, er sei wieder mal eingeladen ins Haus der Frau Frauböse. (Oder Froböse?) Sie wollten angeblich Schulaufgaben gemeinsam lösen.

"Storch" ging früh seine eigenen Wege, und es spricht viel für Mutti Ruths Feingefühl, dass sie seiner Zuneigung zu dem Mädchen nicht die geringsten Zügel anlegte. Sie vertraute Horst. Er war der gescheiteste und einsichtigste von allen Ostpreußenkindern. Mir schien es so vom Gefühl her.

Kurzum, eines Tages hieß es, es zeichne sich ab, dass Frau Frauböse Horst gern in die familiären Bindungen einflechten wolle, wogegen ebenfalls nichts einzuwenden sei. Denn letztlich müssten ja die über Vierzehnjährigen irgendwann, spätestens wohl nach ihrem Schulabschluss, den Weg ins Leben, ins selbst bestimmte Leben, gehen. Also: total normal.

Doch kam es etwas anders. Horst war sechzehn oder gar siebzehn und in den Kreis von Frau Frauböse aufgenommen, da erfuhren wir kurze Zeit später, sie seien "nach drüben" gegangen. Schade. Er hätte hier in Halberstadt bestimmt ein recht gutes Abitur gemacht.

"Kein Feuer, kein' Kohle, kann brennen so heiß /als heimliche Liebe, von der niemand nichts weiß."

Wie haben wir geschmunzelt über die typisch ostpreußische doppelte Verneinung. O du wunderbarer deutscher Volkslieder-Schatz!

1951

Faszination Filmbesuch: Alhambra und Union

An der Wende von den vierziger zu den fünfziger Jahren spielte das Fernsehen noch keine Rolle im öffentlichen Bewusstsein. Es lief irgendwo im Hintergrund als Experiment. Neben dem Theater verfügten die Kinos mit ihrem Filmangebot über die stärkste Anziehungskraft.

In Halberstadt luden die Alhambra-Lichtspiele in der Spiegelstraße und das Union-Filmtheater nahe dem Marx-Engels-Platz zu Besuchen ein.

Nachhaltig beeindruckten mich sowjetische Märchenfilme wie "Die steinerne Blume" und DEFA-Streifen wie "Das kalte Herz" (nach Wilhelm Hauff), "Irgendwo in Berlin" und "Die Jungen vom Kranichsee". Auch den "Untertan" nach Heinrich Manns Roman fand ich höchst gelungen, nachdem wir ihn im Deutschunterricht ausführlich behandelt hatten. Es verging kein Monat, in dem wir nicht im Kino gesessen hatten.

Ich erinnere mich an zwei Arten von Kinobesuch. Da war der von der Schulbehörde für alle Schulklassen zwecks politischer Bildung angeordnete. Beispielsweise gingen die Schüler der oberen Klassen der Marx-Engels-Schule 1951 mit ihren Lehrern geschlossen, richtig in Marschformation, in das Union-Theater, wo ein DEFA-Dokumentarfilm über das Leben von Wilhelm Pieck, dem ersten Präsidenten der DDR, lief.

Natürlich wurden solche Veranstaltungen "ausgewertet". Entweder im Fach Gegenwartskunde oder in Deutsch oder in Geschichte. Ich fand den Tischler Wilhelm Pieck recht sympathisch. Das Wichtigste war ja, aus der Geschichte zu lernen.

Geschichtsbücher für Grundschüler kamen damals gerade erst heraus und wirkten ziemlich grobschlächtig und agitatorisch, heroisierend und dem Auffassungsvermögen des Schülers nicht angemessen. Dagegen berührte "Der Untertan" nach Heinrich Mann tiefere Schichten der Gedanken- und Gefühlswelt.

Als es später im Kinderheim ein monatliches Taschengeld gab, konnte, wer wollte, sonntagvormittags eine Kindervorstellung besuchen. Das Angebot der Kinos bestand überwiegend aus Märchenverfilmungen und Abenteuerstreifen wie "Die Kinder des Kapitäns Grant" und "Der Junge vom Sklavenschiff". Eintrittspreis: 50 Pfennig.

Nahezu immer dabei: "Der Augenzeuge", ein Vorfilm über innen- und außenpolitische sowie kulturelle Ereignisse in der Welt und hauptsächlich in der DDR. Wenn man ihn sah, waren die Dinge längst ein, zwei, drei Wochen vorbei. Man hatte ja darüber schon aus dem Radio gehört. Und dann schob man noch ein "Stacheltier" dazwischen, einen satirischen Streifen zum Lachen über bornierte Zeitgenossen. Das tat gut.

Furore im bestem Sinne machten damals die DEFA-Filme "Der Rat der Götter", "Das verurteilte Dorf" und "Geheimakten Solvay". Sie deckten auf, wer wirklich an Kriegen und an der Waffenproduktion verdiente und wie sich die Herren des Kapitals ihrer Verantwortung zu entziehen versuchten - im Westen.

Die beiden Kinos waren in den ersten fünfziger Jahren immer brechend voll. Das "Alhambra" verfügte über weniger Plätze als das Uniontheater, aber dafür strahlte das Alhambra durch bessere Ausstattung eine angenehmere Atmosphäre aus. Das Union-Theater beeindruckte durch seine Breite und Größe. Für jeden neuen Film gab es ein zentral gedrucktes Programm, das über Inhalt und künstlerische Besetzung informierte.

Für mich blieb das "richtige" Theater, das Volkstheater Halberstadt, immer das künstlerisch Wichtigere. Das Kino als Massenware gehörte einfach zum Alltag, weil es häufig auch Tagesgespräch in der Schule war. Man ging eben hinein, normal angezogen wie für die Schule, und billiger war es auch. Für das Theater abends musste man sich feiner anziehen.

Feriensommer in Suhl-Heinrichs

Im Frühjahr 1951 machte nicht nur "Lasst heiße Tage im Sommer sein", ein Lied nach einem Text von Armin Müller zu den 3. Weltfestspielen der Jugend und Studenten, Furore. Fast zeitgleich erlangte das "Rennsteiglied", das der Thüringer Herbert Roth komponiert hatte, höchste Popularität. Fast jeden Tag erklang es im Rundfunk und in geselligen Kreisen.

Auch Mutti Ruth hielt bald die Noten in der Hand, und im Nu hatten wir es "intus".

Ich glaube, beide Lieder zählten zu den "Hits", wie man später die Spitzenreiter zu nennen pflegte, des Jahres 1951. Dabei hatte Roths Lied einen Vorteil: Es war zeitlos. Der Nachteil: Es wurde bald zu Tode gesungen, so dass es kaum noch jemand hören wollte. Die heile Waldidylle ging uns rasch auf die Nerven.

Wie Onkel Reinhold zu der Adresse in Heinrichs bei Suhl kam, weiß ich nicht. Wahrscheinlich beschlich ihn das Gefühl, immer nur in den Harz zu fahren könnte zu einem zu engen Gesichtskreis führen.

Das Abenteuer, auf größere Fahrt zu gehen und die Schönheiten unserer weiteren Heimat kennen zu lernen, das reizte uns ebenso wie die Aussicht, auf Handwagen als Transportmittel verzichten zu können.

Einiges an Ausrüstung wurde vorausgeschickt mit der

Bahn, aber jeder hatte natürlich sein persönliches Handgepäck, hauptsächlich Rucksäcke. Eine Bahnfahrt, die ist lustig, eine Bahnfahrt die ist schön... Zu dieser Zeit selbstverständlich mit der Dampflok.

Halberstadt, Halle/Saale, Weißenfels, Weimar, Erfurt, der lange Brandleitetunnel... Quartier bezogen wir auf einer Anhöhe in einer Baracke. Vor ihr neigte sich sanft eine große Wiese in Richtung der Häuserzeilen von Heinrichs, einem Dorf, auf das man von hier einen herrlichen Blick hatte.

Klar und hellblau hob sich ein Freibad aus der Tieflage heraus. Es sollte eine besondere Rolle spielen. Einige konnten nämlich noch nicht schwimmen, auch ich. Schwimmen gehörte neuerdings zu den Fähigkeiten, die bei der Benotung von "Körpererziehung" heranzuziehen waren. Ein Nichtschwimmer konnte in diesem Fach nicht einmal mehr eine Zwei erwarten.

Die meisten Ostpreußen konnten schon schwimmen. Siegfried Bodlin legte Sprünge vom Brett und vom Turm hin, da blieben einem Atem und Spucke weg. Andere beherrschten immerhin "Hundepaddeln". Ich konnte gar nichts.

An den ersten Tagen hieß es: Wir üben Trockenschwimmen. Auf der Wiese. War das lustig! Onkel Reinhold erklärte, natürlich erst stehend, dann bäuchlings, die Einzelbewegungen, setzte sie zusammen, ließ nachmachen. Nur gut, dass keiner der Einheimischen sah, wie wir auf der Wiese bäuchlings insektenartig ruderten. Lustig. Aber es lohnte sich.

Im Freibad dauerte es nur drei, vier Besuche, und ich fühlte mich, unterstützt von Schwimmkorken oder Schwimmringen des am Beckenrand mitgehenden Bademeisters, bald sicher. Wie auch andere. Am Ende wurde ein Ausweis bestempelt, der beglaubigte, dass man die Schwimmprüfung abgelegt hat.

Mutti Ruth führte, wie immer, Lektüre mit. Makarenko.

"Der Weg ins Leben" und "Flaggen auf den Türmen". Sie war eine sehr gute Vorleserin. Wenn wir auf der Wiese lagen und uns in den Himmel hinein dachten, Zeiten überbrückend, begriffen wir, wie viel uns das Schicksal der fast gleichaltrigen Zöglinge Makarenkos, der "Besprisornis", anging.

Hatten wir nicht auch zu lernen, klug und vernünftig miteinander umzugehen? Und zu lernen, die Arbeit des anderen zu achten! Lag es nicht in eigenem Interesse, Ordnung zu halten und sauber zu sein? Ist die Selbstbeherrschung nicht ein hoher Wert? - Uns erschien dieser Makarenko recht streng, aber gerecht.

Vor allem staunten wir, wie er, trotz mancher Verfehlungen seiner Zöglinge, immer an das Gute in ihnen glaubte, nicht aufsteckte. Ihnen immer wieder Chancen gab, sich von einer besseren Seite zu zeigen.

Mutti Ruth überlegte im Stillen, glaube ich, wie sie Erfahrungen dieses Mannes aufgreifen könnte, um im Heim die Mädchen und Jungen allmählich an eine Art Selbst-Ordnung heranzuführen.

Möglich, dass ich es erst heute so sehe. Es lag auch am Zeitgeist, der verlangte, von der Sowjetunion zu lernen. Erstaunlich, dass Mutti Ruth von ihren pädagogischen Absichten so weitgespannter Art nie sprach, ja, darüber zu reden vielleicht gar eher schädlich hielt. Darin sehe ich eines ihrer erzieherischen Geheimnisse.

Natürlich erwanderten wir die nähere Umgebung von Suhl, und auf der Rückfahrt, die über Meiningen verlief und Eisenach berührte, begeisterte uns der herrliche Ausblick von der Wartburg. Sie galt damals den Ostdeutschen als ein immer wieder beschworenes Symbol der deutschen Einheit. Hier hatte einst Martin Luther Bahnbrechendes geleistet. Was hält ein Volk enger aneinander als seine Sprache und Geschichte?

Und seine Lieder! Müßig, hier aufzuzählen, wie viele Lieder anderer Völker - und welche - wir zu den bekanntesten deutschen Volksliedern hinzulernten. Überwiegend russische und polnische. Die neuen Kompositionen wie Schostakowitschs "Für den Frieden der Welt" und das Weltjugendlied waren einfach Pflicht. Auf diese Weise lernten wir die Welt und die Zeit begreifen über das aktuelle Lied, das politische Lied.

Aber zurück zu Suhl-Heinrichs. Das war der südlichste Punkt aller unserer Sommer- oder Winterferienreisen. Als die 3. Weltfestspiele in Berlin begannen, Mitte August, weilten wir längst wieder in Halberstadt. Wir verfolgten das Geschehen in Berlin am Radio oder in den Tageszeitungen (Halberstädter Volksstimme, Neues Deutschland, Junge Welt), die täglich auf dem Zeitungsständer auslagen.

Mein Bruder war als sechzehnjähriger Oberschüler der DORA dabei. Meine Schwester Inge begann bei der ZEMAG in Zeitz eine Ausbildung als technische Zeichnerin.

Unser “Spatz” Erich B.

Woher der kleine Erich B. kam, wusste keiner von uns. Er war einfach da. Basta.

Ob Mutti Ruth über ihn Ausführlicheres wusste, war fraglich. Das betreffende Referat der städtischen Behörde hielt es wahrscheinlich für dienlicher, bestimmte Fakten aus Schutzgründen geheim zu halten. Und wenn Mutti Ruth vielleicht dennoch mehr gewusst haben sollte, war sie zum Schweigen verpflichtet.

Den Spitznamen hatte er vielleicht schon mitgebracht. Oder hatten die Ostpreußen ihm den Namen geschenkt? Spatz kam als Neun- oder Zehnjähriger in unser Heim.

Von gedrungener Gestalt, den Kopf immer ein wenig eingezogen, auf einem Auge schielend und mit einer auf die Hälfte verkürzten linken Ohrmuschel, lugte er unsicher in die Umgebung, als ob er erspähen wollte, wie man ihn annimmt. Als ganz normal? Als merkwürdig? Als Clown? Spatz fühlte sich im Äußeren als ein Auffälliger, der jedoch ganz normal angenommen werden wollte.

Singen konnte er nicht. Das sagte er gleich. Schade. Dadurch kam etliches für ihn nicht in Betracht. Aber es gab ja noch anderes: Gartenarbeit, Basteln und Spielen. "Indianerei"...

Nicht lange, und Spatz stellte sich als ein Problem heraus. Hin und wieder stibitzte er etwas, ließ es "mitgehen" , oder feixte, um seine Mitschüler zu beeindrucken, oder erzählte im Unterricht schmutzige Witze. Das blieb Mutti Ruth nicht verborgen.

Auch im Heim fiel er auf. Mutti Ruth und Onkel Reinhold versuchten es im Guten, indem sie "Spatz" zunächst in Schutz nahmen. Bei passenden Gelegenheiten erklärten sie vor allen Heimkindern, jeder, auch der von der Natur oder vom Schicksal Benachteiligte, habe das Recht auf Achtung seiner Persönlichkeit und auf eine würdige Behandlung. Ohne jedes Vorurteil!

Andererseits habe der wie auch immer Behinderte die gleichen Pflichten, ehrlich, gerecht und hilfreich zu sein. Man helfe "Spatz" nicht, wenn man seinem schlechten Benehmen, seinen Feixereien oder kleinen Lügen stillschweigend Beifall zolle.

Na gut, die Belehrung hielt eine Weile an. Dann war sie vergessen und man musste erneut ermahnen. Dumm war "Spatz" keinesfalls, eher intelligent. Eines Tages brachte er eine unerhörte Geschichte aus der Schule mit, eine Geschichte, deren Ohrenzeugen Mitschüler seiner Klasse gewesen waren.

Ein Lehrer, der ansonsten große Sympathie an der Schule genoss, rief in einer Stunde "Spatz" an die Tafel mit den Worten: "Und jetzt kommt an die Tafel vor/ der Mann mit dem halben Ohr!" - Eine Lachsalve erscholl. Was hatte "Spatz" in diesem Moment gefühlt? Ich vermute: Demütigung.

Als wir in der Essensrunde von dem Vorfall hörten, erschraken wir. Wie hätten wir reagiert, wenn wir an Spatzens Stelle so aufgerufen worden wären? Der peinliche Vorfall irritierte uns.

Mutti Ruth meinte dazu, das dürfe ein Lehrer nicht tun. Möglicherweise habe er einen Scherz machen wollen, aber das gehe eben nicht. Nie, niemals solle man einen Spaß auf Kosten eines Behinderten ausdenken. Jeder Mensch hat seine (un)verletzliche Würde.

"Spatz" erhielt diesmal eine moralische Rückendeckung, die ihm sichtlich wohl tat. Dennoch änderte es nichts an seiner Sonderstellung im Heim und in der Schule. Ich glaube, es fehlten ihm zwei, drei gutwillige Freunde als Altersgefährten.

Von Makarenko lernen - aber wie?

Es war eine Zeit des Wetteiferns, der Wettbewerbe. Der erste Fünfjahrplan (1951-1955), von der Volkskammer der DDR beschlossen, galt als Gesetz. Das Gesetz stand auf dem Papier. Leben konnte es nur durch den Willen und das Tun von Millionen. Und wer schon wollte etwa nicht, dass sein Leben spürbar besser wird?

"Von der Sowjetunion lernen heißt siegen lernen" - eine damals sehr oft zu hörende und zu lesende Losung. Fragt sich nur, was zu lernen sei und wie. Denn allein der Gedanke, dass man sich vielleicht zu Tode siegen könnte wie einst der antike Feldherr Pyrrhus, wäre schon sehr gefährlich gewesen. Daran dachte damals keiner. Also: was lernen und wie?

Für Mutti Ruth, die sich erinnern konnte an die zahlreichen Schulreformversuche der zwanziger Jahre, die nach 1933 erstickt worden waren - für sie lasen sich die Aufzeichnungen des sowjetischen Pädagogen Anton Semjonowitsch Makarenko offenbar faszinierend. Hier fand sie Grundlinien einer Erziehung, die auch sie erproben wollte: die Kinder einsichtig machen, dass sie lernen müssen, mehr und mehr Verantwortung für sich selbst zu übernehmen, und dass allen eine schöpferische, kulturelle Betätigung angedeihen sollte. Natürlich sehr individuell, den musischen oder sonstigen Veranlagungen entsprechend. Dass Arbeit erstes Bedürfnis wird.

Alles begann mit Ordnung und Sauberkeit. Die Gruppen der Schlafzimmer traten miteinander in Wettbewerb. Bewertet wurden der exakte Bettenbau, die Ordnung auf dem Nachttisch oder dem Stuhl, der zur Ablage diente, die Sauberkeit des Fußbodens, die Ordnung der Handtücher, die gesamte Zustand der Tischgruppe, so sich eine im Raum befand.

Eine kleine Kommission, die täglich, später stichprobenartig durch die Räume ging, beäugte genau die erreichte Ordnung und Sauberkeit und vergab Punkte dafür. Die wurden notiert. Nach einem Monat wurde ausgewertet. Die Besten wurden gelobt.

Eine Zeit lang gerieten die Ergebnisse sogar an eine Wandtafel, wo auch die wöchentlichen Tischdienste für den großen Saal vermerkt waren. Immer gehörte der Wettbewerbskommission ein Erzieher an, der "Erzieher vom Dienst", der rund um die Uhr da war.

Erziehung ist keine Angelegenheit von acht Stunden. Klar. Mutti Ruth und Onkel Reinhold schliefen in einem der Mansardenzimmer - noch bis 1954, bis sie in eine große Wohnung im Spiegelsbergenweg 2 umzogen. "Nicht im Dienst" gab es praktisch für sie nicht.

Makarenko, von dem ein Bleistift-Porträt bald in einem der Zimmer im Erdgeschoss hing, hatte es in den zwanziger Jahren in der Sowjetunion hauptsächlich mit auf den Straßen herumlungernden, bettelnden, sozial entwurzelten, teils straffällig gewordenen Kindern und Jugendlichen zu tun.

Unser Heim war jedoch ein Normalkinderheim. Ein erheblicher Unterschied. Trotzdem wusste Mutti Ruth, bei Makarenko könne man eine Menge lernen. Zum Beispiel, wie man ein Gemeinschaftsgefühl wachsen lässt.

Ich erinnere mich noch genau, dass Mutti Ruth manchmal, wenn es dazu Anlass gab, auf den sorgfältigsten, schonendsten Umgang mit dem Volkseigentum zu sprechen kam. Tische, Stühle, Decken, Betten, Schränke, Fenster, alles Einrichtungsmobiliar seien gemeinsames Eigentum, das, da aus Steuermitteln der Werktätigen ermöglicht, besonders sorgsam zu behandeln sei. Das allen gemeinsame Eigentum sei eigentlich die höchste Form von Eigentum, weil es ein Höchstmaß an Gemeinsinn verlangt.

Solche gelegentlichen Worte ergaben sich wohl auch aus der Einsicht, dass Onkel Reinhold zwar manches Beschädigte reparieren konnte, aber eben nicht alles. Und er hatte zudem seinen jährlich abgesteckten Finanzplan einzuhalten.

In dieser Zeit tauchte die Idee einer signalhaften, einheitlichen Schulkleidung auf. Alle Jungen und Mädchen des Heimes sollten rotkarierte Hemden bzw. Blusen tragen. Das fanden wir ganz toll. Nur als Schulkleidung, nach dem Mittag hieß es sich umzuziehen. Warum nicht? Die Thomaner trugen ja auch ihre Uniform, ebenso die Kruzianer.

Bald hießen wir an der Schule "die Rotkarierten", und alle sahen, wir kamen aus der Klus 1. Zu Chorauftritten allerdings zogen wir die übliche Pionierkluft an. Halstuch, Hemd, kurze Hose bzw. Rock - blau, weiß, blau.

Viel experimentiert wurde in dieser Zeit. Onkel Reinhold hielt während unseres Frühstücks eine kleine, etwa zehnminütige Zeitungsschau. Da stand er, an einer gut sicht- und hörbaren Stelle zwischen großem Saal und offener Nebenraum-Schiebetür, und erklärte mit möglichst einfachen Worten den Extrakt des "Tagesthemas": Was will der französische Schuman-Plan? Wie steht es im Korea-Krieg? Warum Freiheit für den im Westen eingekerkerten Jupp Angenfort? Warum westliche Flugblätter, die per Ballon abgeworfen wurden, sofort im Heim oder beim Schuldirektor abgeben?

Jeden Tag ein anderes Thema. Zeitungsschauen waren groß in Mode. Sie ersparten Zeit und brachten zugleich irgendwelche Wettbewerbspunkte. Ich will sie hier nicht herabsetzen, sie hatten natürlich ihr Gutes: Wir Kluser konnten, wenn es drauf ankam, beweisen, dass wir nicht hinterm Mond leben da draußen am Walde. Wir hingen dran am Weltgeschehen.

Ja, es war auch eine schwierige Zeit gesteigerten Personenkultes. Nur noch Jesus Christus konnte es in seiner weltweiten Berühmtheit aufnehmen mit dem "weisen" Josef Wissarionowitsch Stalin (1879-1953).

Mutti Ruth und Onkel Reinhold verfielen glücklicherweise nicht in die öffentlich übliche Lobhudelei. Sie sorgten dafür, soweit es finanziell möglich war, uns vertraut zu machen mit russischen Liedern, mit russischer und sowjetischer Literatur.

"Das Land der frohen Zuversicht" von Jürgen Kuczynski (über die UdSSR), "Das Mädchen Galja", "Das Mädchen Sima", "Timur und sein Trupp", Tschaplinas "Vierbeinige Freunde" gelangten damals in den Anfangsbestand der Bücherei des Heimes.

Jürgen Kuczynski allerdings war ein deutscher Autor, ein Wirtschaftswissenschaftler, der bald durch unbequeme, abweichende Ansichten immer mal wieder in scharfe Kritik geriet.

Auch "Das Orgelwerk von Johann Sebastian Bach", ein Buch von Albert Schweitzer, fand früh Aufnahme in unserer Bibliothek. Und natürlich Gorki, der starke Sympathien genoss.

Das eine wie das andere war wichtig, speziell für Mutti Ruth, deren Heimarbeit einerseits von inspizierenden Beamt(inn)en politisch beurteilt wurde und die andererseits überzeugt war, nur die umfassende gegenseitige Kenntnis der Kulturen könne die Völker dauerhaft in Freundschaft verbinden.

"Herrlicher Baikal, du heiliges Meer, auf einer Lachstonne will ich dich zwingen" und "Auf der Kasanka, auf dem kleinen Flüsschen" und "Durchs Gebirge, durch die Steppe zog unsre kühne Division"... - Was kann die Liebe zu einem Land stärker ausdrücken als ein Lied?

Das Gleiche gilt für den Schatz der deutschen Volkslieder. Wir Kluser sind mit den Liedern der Völker groß geworden. Und unsere Heimatliebe war in jener Zeit eine wirklich gesamtdeutsche. Wir sangen ebenso selbstverständlich "Auf der Lüneburger Heide, in dem wunderschönen Land" wie "An der Saale hellem Strande" und "Auf der schwäb'schen Eisenbahne".

1952

Deutsch bei Herrn Benne und einiges andere

An der Marx-Engels-Schule unterrichtete in den höheren Klassen, den siebenten und achten Klassen der Grundschule, Herr Benne unsere Muttersprache. Glatzköpfig, von gedrungener Gestalt, aber immer mit einem freundlichen Lächeln, sprach der etwa Sechzigjährige nicht nur ein klares Deutsch, sondern versuchte auch, uns die Schönheit der deutschen Sprache bei den Klassikern entdecken, "auf der Zunge" schmecken zu lassen.

Ganze Klassensätze von Reclam-Ausgaben gab es nur selten. Oft trug er selbst Partien eines Buches vor, nachdem er einleitend die Situation anschaulich skizziert hatte. So las er vor aus Romain Rollands "Johann Christoph", den er offenbar verehrte, ein andermal aus Heinrich Manns "Der Untertan", dessen DEFA-Verfilmung gerade in den Kinos angelaufen war, später aus Gottfried Kellers Novelle "Das Fähnlein der sieben Aufrechten".

Es galt gut aufzupassen, denn meist winkte aus dem Text ein Aufsatzthema. So einmal die Sentenz aus dem "Fähnlein": "Achte jedes Mannes Vaterland, aber das deinige liebe!" - Das Schlagwort Patriotismus stand hoch im Kurs, ein in der Geschichte oft missbrauchtes Wort.

Merkwürdig, welche Eindrücke manchmal im Gedächtnis haften bleiben. Mir noch in Erinnerung - jene Stelle aus dem "Fähnlein", wo in einem Boot auf dem Zürcher See eine anrührende Annäherung aus Liebe geschieht: Als Benne die vortrug, hörte ich in der Stille des Klassenraumes plötzlich seine Stimme brüchig werden und sah, links ganz vorn in der ersten Bank, auf die er sich sonst gern setzte, zwei, drei Tränen hinter seiner Brille herabrinnen.

Mir war etwas beklommen zumute. So tief kann Literatur in die Seele reichen. Dort das Innerste erschüttern. Bei Benne war nichts gespielt, alles echt. - In solchen Unterrichts-Augenblicken hätte man eine Stecknadel fallen hören können.

Mit Benne behandelten wir Teile aus Goethes "Faust", 1. Teil, insbesondere die Studierzimmerszene und den Osterspaziergang. Den galt es auswendig zu lernen, und es machte sogar Spaß, die herrlichen Verse zu sprechen und vorgetragen zu hören und sein Gedächtnis zu trainieren. Über das Auswendige, so erkannte ich, lässt sich leichter das Inwendige erschließen, denn Benne hatte behauptet, mit diesem unvergleichlichen Werk, das Goethe in immer neuen Variationen über sechzig Jahre formend und umformend beschäftigt hatte, könnte man sich ein ganzes Leben lang geistig auseinandersetzen. Es sei ein Menschheitsgedicht. Und nur am Besten könne und solle man seinen Geschmack bilden.

Natürlich zählten zum damaligen Lehrplan auch sozialistische Dichter wie Brecht, Becher, Weinert, Gorki, Majakowski. Fürnberg lernten wir, ich rede von 1951, zunächst über das Singen, durch Liedtexte, kennen.

Deutsch hatte im Stundenplan den größten Anteil. Dann folgten Mathematik und Russisch.

Russisch gab etliche Jahre "Atze" Sänger, der wenig pädagogisches Gespür für Kinder hatte. Er wirkte für mein Gefühl immer etwas hilflos, wenn man nicht gleich kapieren oder Störmanöver starten wollte, um seinen Spaß mit ihm zu haben. Hünenhaft von Gestalt, sprach er meist in einem deklamatorischen Stil, als habe er Teilnehmer einer Volkshochschule vor sich statt Kinder.

Zudem herrschte bei einigen Schülern eine Anti-Haltung gegenüber Russisch, weil sie lieber Englisch gelernt hätten, was aber in der Grundschule nicht eingeplant war. Jedenfalls nicht für uns. "Atze" blieb nicht lange, dann hatten wir eine Russischlehrerin.

Eine Legende war Dr. Hönemann, unser Chemielehrer. Sein Leben schien mir - nach allem, was man so hörte - geheimnisumwoben. "Das ganze Leben ist Chemie" hieß sein immer wiederkehrender Hauptsatz. Und er bewies das auch laufend anhand neuer Beispiele, vom Händewaschen mit Seife und absolut kalkfreiem Regenwasser aus der häuslichen Tonne bis zum Essen und Trinken und Atmen.

Er galt als unermüdlicher Vorkämpfer seines Fachs Chemie. Irgendwann hatte er sogar ein Buch verfasst, das den Titel trug: "Chemie der Scholle". Nein, nicht von Fischen handelte es, sondern von chemischen Prozessen im Ackerboden. Die Scholle ist der vom Pflug umgewälzte Boden, der Frucht tragen soll.

Dr. Hönemann war ein ausgezeichneter Fachmann. Seine chemischen Schul-Experimente fanden stets stärkstes Interesse in allen Klassen, die Chemie im Lehrplan hatten. Er glühte vor Begeisterung für sein Fach.

Allerdings fanden manche darin eher Grund für Belustigung und störten Hönemann durch Ablenkungen und Provokationen. Dann rastete er gelegentlich aus und rief: "Wer war der Schubiack? Wer war der Bajazzo?" Und der Priemsaft entglitt in der Erregung seinem Munde, was ihn noch mehr erregte.

Schüler können grausam gnadenlos sein. Ich habe mich nie an derlei beteiligt, für mich stand der Gewinn des Lernens immer an erster Stelle. Außerdem hätte es ja dem Ansehen unseres Heimes schaden können. Wir Heimkinder hatten einen guten Ruf zu verteidigen.

Physik fand ich weniger interessant. "Körpererziehung" bedeutete in erster Linie Laufen, Gymnastik, Turnen und Schwimmen, und das spielte sich im wesentlichen in der Turnhalle der Käthe-Kollwitz-Oberschule (die ja nur einen halben Kilometer entfernt war) oder in der Badeanstalt Bödcherstraße ab.

Meine Stärken in der achten Klasse lagen in den Fächern Deutsch, Russisch, Chemie und Geographie. Die "Asse", die die Leistungsspitze bildeten, hießen Cronjäger, Klamroth und Schütte. Die Mädchen interessierten mich ziemlich wenig, wahrscheinlich, weil ich physisch ein Spätentwickler war. Jeder schätzte mich drei Jahre jünger als ich war. Das störte mich aber nicht.

Mit Schulbüchern wurde es ab 1951 allmählich etwas besser. Wir mussten nicht mehr so viel mitschreiben, was als "Grundwissen" auf die Schultafel kam.

Die meisten A 5-formatigen Schreib- und Rechenhefte dieser Zeit waren vorn und hinten mit Abbildungen vom fleißigen und fröhlichen Aufbau des Sozialismus in der Sowjetunion bedruckt. Großbauten des Sozialismus dominierten und Mitschurins Experimente, bessere Obstsorten zu züchten.

Mein Bruder Heinz "ackerte" in der Dom- und Ratsschule am Johannesplatz auf dem Wege zum Abitur. Ein bisschen fühlte ich in mir den Trieb, es ihm gleichtun zu können. Es hieß, alle Wege der Bildung stünden jetzt allen weit offen. "Deutsche Jugend, bestes Streben/ unsres Volks in dir vereint..." An Bechers Nationalhymne haben wir fest geglaubt, überzeugt, dass es darauf ankomme, zu lernen und zu schaffen wie nie zuvor. Und der eig`nen Kraft zu vertrauen. Das mit dem richtigen Beruf würde sich später schon finden.

Ein Fach hätte ich fast vergessen: Gegenwartskunde. Es ist dem späteren Fach Staatsbürgerkunde vorausgegangen. Einmal in der Woche gab es diese Stunde entweder vor dem Beginn des Unterrichts, sozusagen eine "nullte Stunde", oder als Anhang nach dem Fachunterricht. Meist aber ganz früh.

Die Gegenwartskunde oblag fast immer dem Klassenleiter. Gesprächsstoff waren die gerade "brennenden" Ereignisse der Weltgeschichte wie der Korea-Krieg, der immer schmutziger wurde, die Wiederaufrüstung in der Bundesrepublik, der Stockholmer Appell des Weltfriedensrates zur Einstellung und Ächtung des atomaren Wettrüstens und andere Themen.

Es war eine Frage-und-Antwort-Stunde ohne jegliche Benotung. Lehrmaterial gab es dafür nicht, die Lehrer sollten und konnten selbst entscheiden, welche Probleme oder Fragen sie tiefergehend mit den Schülern erörtern wollten. Ich fand das ganz gut. Ob die geäußerten Meinungen immer ehrlich waren, sei dahingestellt. Die Suche nach einem Standpunkt kann man nicht zensieren. Fand und finde ich.

Solange es keine Noten gab, wurde - zumindest oft - offen gesprochen. "Flucht" über die grüne Grenze nach Westdeutschland wurde sehr selten zum offiziellen Thema. Das war tabu. Man tuschelte hinter vorgehaltener Hand. Für mich war meine Heimat Vor der Klus 1.

Es ist irgendein Sonntag

Sonntags durften wir länger schlafen, bis um acht, halb neun. Das war schön, denn es bot Gelegenheit, im Bett zu lesen oder über Träume zu reden, die man hatte, oder Pläne zu schmieden für den Tag oder eine Kissenschlacht anzuzetteln. Dann hieß es aber, spätestens gegen neun im Speisesaal zu erscheinen. Die Zügel saßen sonntags etwas lockerer. Der normale Sonntag bot einige Freiheiten, den Tag selbst zu gestalten.

Zum Frühstück gab's meist ein Extra, zum Beispiel ein gekochtes halbes Ei oder mal Honig statt Marmelade oder mal Kakao oder Weißbrot statt Graubrot. Das Mittagessen bestand stets aus einer guten Fleischmahlzeit und einem Kompott oder einer Schale Süßquark.

Danach, hatte man nicht ausgerechnet Küchendienst,

der allgemein beliebt war, konnte man sich beim diensthabenden Erzieher für Stunden verabschieden, musste freilich sagen, wohin. Ausgang. Zu Verwandten, Freunden, zum Kino, zum Fußball oder in die Berge zum "Indianern". Oder man blieb und kramte Brettspiele hervor oder drosch Karten. 17 und 4 und 66 und Rommee, auch Schach waren beliebt.

In den ersten Jahren gehörte ich zu den wenigen Heimkindern, die familiäre Bindungen in Halberstadt besaßen. Selbstverständlich durfte ich meine Mutter besuchen, Oma, Opa und Bruder. Das geschah ein- bis zweimal im Monat. Meine Mutter suchte in diesen Jahren nach einem neuen Partner, recht zögerlich, denn sie wollte ihre Ziehmutter Anna nicht verstimmen.

Anna und Albert Zimmermann in der Gröperstraße bemühten sich, zu ihrer Rente, die sehr schmal ausfiel, etwas hinzuzuverdienen mit Strickereiarbeiten. Kleine Aufträge an alte Kundschaft.

Was mich zu meiner ersten Mutter trieb, war weniger das Gefühl der Liebe, eher des Mitleids. Immer sah man auf sie herab, als sei sie selber schuld, nicht resolut genug. Was mich hingegen zu Anna Zimmermann und zu meinem Bruder trieb, hatte seinen Hauptgrund in meiner Neugier auf die Neuigkeiten von der Oberschule am Johannesbrunnen.

Ich erfuhr, womit sich mein Bruder in den einzelnen Fächern herumschlug und was so unter Schülern Gesprächsstoffe waren. Meist hockten wir im Wohnzimmer, das etwas unterhalb einer sehr schmalen Fußgängergasse lag. Es gab Malzkaffee und Kuchen und beste Opernmusik aus dem Radio. Man konnte dabei etwas miträtseln, wenn man sich ein wenig auf dem Felde der Operetten- und Opernmusik auskannte. Wir spielten auch Dame und Mühle, und Anfänge des Schachs lernte ich so ganz nebenbei.

Zwischendurch die Großelternneugier.

"Wie stehst'n in der Schule? Was willst'n werden? Willste auch mal studieren? Wie iss'n dein Durchschnitt? Haste 'ne Freundin?"

O je! Manchmal zuckte ich mit den Achseln, druckste herum: "Ich weiß nicht..."

Zwei, drei Stunden in trauter Spiellaune. Öffentliche Spaziergänge waren verpönt. Oder wir fuhren alle gemeinsam mit dem Stadtbus zum Ende der Sargstedter Siedlung, um Tante Hedwig und Onkel Hermann zu besuchen.

Bei Torte, Kaffee und Kuchen kursierte der Stadtklatsch und einiges Ernstere. Dann war das Gärtchen am Haus dort so voll, dass der Platz kaum reichte.

Merkwürdig, dass über diese Freizeiten des Sonntags kaum mal jemand etwas erzählte, wenn er zurück war. Vielleicht entsprang die Zurückhaltung einem Bedürfnis nach Privatheit, die Einblicken entzogen ist, nach einem Territorium voller Geheimnisse. Darüber habe ich damals nie nachgedacht.

Ich fand das normal, denn mir wäre nicht im Traum eingefallen, zum Beispiel Horst Pehlke zu fragen, was er denn bei dem Mädchen von Frau Frauböse erlebt hatte, oder Rolf-Reinhart Loose zu beknien, mir zu erzählen, was er daheim in der Familie oder beim Indianern angestellt habe. Es herrschte ein unausgesprochener gegenseitiger Respekt.

Andererseits gab es auch Besucher, die sonntags in die Villa kamen und mal diesen oder jenen für ein paar Stunden abholten, um mit ihm spazieren zu gehen. Es gab hier keine Spur von Zwang.

Sommerferien in Zislow am Plauer See

Wie Onkel Reinhold auf diesen Ort stieß bei seiner Suche nach einem neuen Ferienaufenthalt, ich weiß es nicht. Uns schien eine Bahnreise in die unbekannte Ebene der mecklenburgischen Landschaft spannend. Abenteuerlich. Denn es hieß schon vor der Abfahrt: "Wir werden in einer Scheune auf Stroh oder Heu schlafen".

O große Klasse! Endlich mal kein Bettenbauen mit Straffziehen der Laken und dergleichen. Und wir werden uns selbst versorgen.

Angekommen in Plau am Plauer See, schleppten wir das Handgepäck zu einer nahen Anlegestelle und betraten ein kleineres Motorschiff, das uns ans jenseitige Ufer nach Zislow tuckern sollte. Der See lag still, und man konnte recht gut das lustige Spiel der vielen Haubentaucher beobachten.

"Jetzt fahr'n wir über'n See, über'n See, jetzt fahrn wir über'n See." - Mutti Ruth hatte ihre Gitarre zur Hand. Ein Leben ohne Singen war für sie nicht vorstellbar. Jeder versuchte, am anderen Ufer das Dorf zu "orten". Es gelang nicht.

Selbst das erste Gehöft, 300 Meter vom Ufer entfernt, blieb durch Schilfmassen und hohe Bäume lange verborgen. Dann legten wir an in irgendeiner der Schilfbuchten - Landung bei Zislow.

Wir folgten einem Trampelpfad, der durch das Dickicht ins Freie führte, und entdeckten endlich auf einer sanften Anhöhe das Ziel, ein strohbedecktes ziegelrotes Haus, mehrere Stallungen, eine Scheune. Bauer Block kam uns entgegen, begrüßte uns und führte in die Scheune.

Das Dorf, wenn man es so nennen will, bestand aus sechs, sieben Gehöften, die kilometerweit auseinander lagen. Geschäfte gab es nicht. Jeder versorgte sich hier selbst. Eine elektrische Leitung war bis zu Bauer Block noch nicht gespannt worden, aber nächstes Jahr sollte es nun doch damit klappen.

Eine regelmäßige Verbindung per Pferdefuhre oder Traktor gab es nach Malchow. Denn täglich mussten die vollen Milchkannen von meterhohen hölzernen Rampen abgeholt und in die Molkerei gefahren werden.

Hoffentlich wird hier niemand von uns krank.

Die warme Mahlzeit kochten wir uns selbst an einer eigens eingerichteten Feuerstelle mitten auf einer Wiese. Die schien mir zwei, drei Fußballfelder groß und gewährte Aussicht bis nach Plau hinüber. Bei gutem Wetter. Linker Hand zog sich eine schmale, sehr flache Insel mitten im Plauer See hin, vor der gewarnt wurde. Auf keinen Fall bis an den Schilfgürtel heranschwimmen! Man kann sehr leicht von Schlingpflanzen umschlungen und festgehalten werden. Was dann?

Ansonsten durften wir natürlich schwimmen, unter Aufsicht. Es gab sogar ein kleines Ruderboot, das von den Großen tüchtig ausprobiert wurde, unter der Auflage, keinesfalls in den Bereich der Schifffahrtsrinne zu rudern und von der Schilfzone wenigstens ein, zwei Meter Abstand zu halten.

Die meiste Zeit verbrachten wir mit Baden und Sonnen und Dösen. Und mit der Erkundung der beiden kleinen Binnenseen, wo uns das Baden direkt untersagt worden war, weil es dort zu gefährlich sei.

Dieser Sommer war ganz nach dem Geschmack von "Guppy", wie scherzhaft Gerhard Friebel genannt wurde. Fast immer schwärmte er mit Angel oder Kescher und Konservenglas aus und fischte auch einiges.

Die gemeinsamen Unternehmungen beschränkten sich auf eine Wanderung an der Uferzone entlang zu den nächsten Anlegestellen, auf eine See-Rundfahrt und einige abendliche Wanderungen.

Hier in unmittelbarer Nähe von Zislow soll die UFA Filmszenen zu "Immensee" nach Theodor Storm gedreht haben, wusste Mutti Ruth, doch uns stand nicht der Sinn nach Filmen, Museen und Berühmtheiten. Die mecklenburgische, uns völlig neue Landschaft bot eine Vielfalt an Schönheiten, auch Stille und Zeit zum Nachdenken. Zudem hatte Mutti Ruth einige Bücher mitgenommen, so Ehm Welks "Die Heiden von Kummerow". Zum gelegentlichen Vorlesen. Hier umgab uns eine Ehm Welksche Stimmung aus reizend Unbekanntem, Stille und Natürlichkeit.

Trotzdem, es gab einen Draht zur großen Welt. Onkel Reinhold besaß, ob nun ausgeliehen oder sonstwie beschafft, ein kleines batteriebetriebenes Radiogerät, das plötzlich zum Magneten der Aufmerksamkeit wurde. Wir wollten aus Helsinki hören, ob Emil Zatopek es wieder schaffen würde, bei den Olympischen Spielen die 5000 Meter zu gewinnen.

Dieser Läufer besaß schon einige Zeit, ähnlich dem späteren Rad-Idol Gustav Adolf Schur, einen legendären Ruf als Held der Leichtathletikstadien.

"Zatopek! Zatopek! Zatopek!" Wir fieberten dem Spurt entgegen. Zatopek, die laufende "Dampfmaschine", trug wieder einen Sieg davon.

Auch anderen Übertragungen von Endkämpfen lauschten wir. Die DDR und ihre besten Sportler durften damals noch nicht an den Spielen teilnehmen. Ein Beweis, dass Sport nicht unpolitisch ist.

Es kann sein, dass die übergroße Begeisterung für Zatopek den Grund bildete für Rolf-Reinharts Entschluss, sich künftig in seiner Freizeit ein Laufpensum aufzubürden, zu trainieren.

Zislow gab uns mehr als sonnengebräunte Körper und Ausdauer im Schwimmen. Wir sahen, wie die Blocks ihre Tiere fütterten, wie das Getreide gedroschen wird, wo Bienen ihren Nektar holen und welche Reize einer Seenlandschaft innewohnen. Ein Kanu oder ein Faltboot müsste man haben, wünschten wir uns manchmal träumerisch, dann könnte man bis in die Müritz gleiten. Schade, wie schnell die Zeit verrann.

Zum Ende gab es eine lustige Scharade. Als Dank für

unsere Gastgeber. Das Programm bestand aus Bildern und Liedern. Mir übertrug man eine Zauberer-Rolle. Auch das wurde im Foto festgehalten.

Zu Weihnachten erhielt jeder, der in Zislow mit dabei gewesen war, ein schönes Foto-Erinnerungsalbum, zu dem Mutti Ruth Bildtexte in Versen geschrieben hatte. Die sangen wir dann sogar - nach der Melodie eines Harzer Jodlers, dem Mutti Ruth den Vers-Rhythmus entnommen hatte: "Einst fuhren wir nach Zislow hin/(Jodler), schwer war's Gepäck und leicht der Sinn..."/(Jodler). Und so fort. Mindestens zwanzig, dreißig Strophen.

Ich habe das Albun all die Jahre aufbewahrt wie eine Kostbarkeit. Und dann ist es doch passiert: Bei einem der Wohnungsumzüge ging es auf unerklärliche Weise verloren. Der Schmerz nistet noch heute in mir.

Auch 1953 fuhren wir wieder nach Zislow. In diesem Sommer wurde wirklich endlich der Stromanschluss hergestellt für Bauer Block. Von Mast zu Mast schwang sich eine elektrische (Aluminium-) Leitung. Ein Lebenstraum für Ole Block hatte sich erfüllt.

Onkel Reinhold macht mich zum Bibliothekar

Heimgekommen vom Zislow-Ferienabenteuer, erhielten Rolf-Reinhart und ich eine heiß ersehnte Nachricht: Wir waren in die Oberschule aufgenommen worden. In die Käko (Käthe-Kollwitz-Schule).

Den Antrag hatten wir Monate vor den Ferien gestellt, aber die Sache sah damals ziemlich wacklig aus. Die Wünsche der Halberstädter Mädchen und Jungen, die die achte Klasse gut und sehr gut abgeschlossen hatten, überstiegen bei weitem die Möglichkeiten. Es gab für beide

Oberschulen, die zum Abitur führten, eine von oben festgelegte Begrenzung. Die freien Plätze für diesen Bildungsweg wurden auf die achten Klassen aufgeschlüsselt, so dass beispielsweise Rolf-Reinharts und meine Klasse 8a nur vier Schüler "delegieren" durfte.

Das hieß, der Klassenleiter warf seine Beurteilung für diesen und jenen in die Waagschale, aber eine übergeordnete Kommission beim Kreisschulrat musste neben den fachlichen Leistungen auch noch die sozialen Proportionen berücksichtigen.

Arbeiter- und Bauernkinder, bisher in der Minderzahl an den Universitäten und Hochschulen, zeigt, was in euch steckt! Ihr müsst die Führung übernehmen eines Tages. Schließlich ist nicht einzusehen, warum der intellektuelle Nachwuchs immer nur von Eltern aus den Reihen der Intelligenz kommen soll.

Was einerseits völlig gerechtfertigt war (nämlich historisches Unrecht zu überwinden), führte im Einzelfall zur politisch motivierten Benachteiligung. Auch Schüler mit durchaus guten und sehr guten Leistungen mussten demzufolge abgelehnt werden.

Es gibt eben keine absolute Gerechtigkeit auf der Welt. Jedoch bestanden für die Abgelehnten Möglichkeiten, über andere Bildungswege, zum Beispiel über die gerade etablierte Mittelschule, über Berufsausbildung und Abendstudium doch zum Universitätsstudium zu kommen. So schlug Hans-Joachim Schwede, wir nannten ihn "Acki", den Weg zur Mittelschule ein. Er wollte in die Richtung technischer Zeichner gehen, denn für das Zeichnen besaß er ein starkes Talent.

In diesen Jahren wurde, was neue Schulformen und Methoden betrifft, viel ausprobiert.

Der "klassische" Weg zur Uni führte über die Oberschule. Rolf-Reinhart und ich waren nicht "Spitze" im Sinne des mathematischen Zensurendurchschnitts. Von dieser Zahlenmystik hielt man allgemein nicht viel. Immerhin, jeder verfügte über persönliche Stärken. Rolf-Reinhart konnte auf eine ausgezeichnete musikalische Bildung und sehr gute sportliche Leistungen verweisen, meine Stärken lagen in Russisch, Deutsch, Biologie und Geographie.

Onkel Reinhold muss bemerkt haben, dass ich in der Freizeit sehr häufig zum Buch griff. Die verfügbare Lektüre im Heim stand zunächst ungeordnet in einem Spiele-Schrank mit Regalfächern, und keiner hatte bisher recht darauf geachtet, ob das entliehene Buch auch wieder dorthin zurückkam und ob es auch pfleglich behandelt worden war. Das sollte anders werden.

Eines Tages nahm mich Onkel Reinhold beiseite und fragte, ob ich mir zutraue, ein- oder zweimal in der Woche am frühen Abend Bücher per Stempel und Eintrag in eine Ausleihkarte auszugeben. Er habe schon mit der Inventarisierung begonnen.

Ja, das reizte mich ungeheuer. So kam ich doch immer an die neuesten Sachen heran!

Ich wurde im Herbst 1952 Bibliothekar mit einem Anfangsbestand von etwa dreißig bis vierzig Büchern. Der Bestand reichte, um eine kleine Ahnung zu geben von der geistigen Bandbreite der Titel, von dem kleinen Volk-und Wissen-Heftchen "Der verwundete Sokrates" (Brecht) über Albert Schweitzers dicken Wälzer "Das Orgelwerk Johann Sebastian Bachs" und etliche Bücher der Lisa Tetzner und Indianer-Bücher ("Blauvogel", "Die Söhne der großen Bärin") bis zu klassischen Balladen-Sammlungen, Erich Weinerts "Rufe in die Nacht", Jürgen Kuczynskis "Das Land der frohen Zuversicht" und Mädchen-Büchern sowjetischer Autoren wie "Das Mädchen Galja" und "Das Mädchen Sima" und "Am Ufer des Sewan-Sees". Natürlich auch Gorki.

Das freilich bezeichnet erst den Anfang. Später gesellten sich Fachbücher und Nachschlagewerke hinzu. Ja sogar philosophische Literatur.

Onkel Reinhold übergab mir einen Katalog-Kasten mit Karteikarten und zeigte mir, wie ich verfahren sollte. Und mir ja bitte genau ansehen solle, wie die Bücher behandelt worden sind! Dann würde er schon, wenn nötig, ein ernstes Wörtchen reden in der abendlichen Runde. Schließlich handele es sich um Volkseigentum! Und an den Büchern wollten ja auch Spätere ihre Freude haben.

Kein Amt hat mir so viel inneren Auftrieb und heimliche Freude gegeben wie der Umgang mit den gedruckten Schätzen. Sie standen fortan in Regalreihen, die sich hinter einer Tür in einer Wandaussparung im kleinen Speisezimmer neben dem großen Saal befanden.

Welche Funktion die Geheimnische früher einmal gehabt haben mochte, darüber dachte ich nicht nach. Ich wusste nur, auf der anderen Seite, in der großen Diele, stand das Harmonium.

Die entliehenen Bücher durften die Leser auch mit ins Bett nehmen, sollten sie aber dann im Nachtschränkchen ablegen. Ausleihe nach draußen, außerhalb des Heimes, war verboten. Kämme, Geldscheine oder Bonbonpapier hatten, bitte, nichts zu suchen in Büchern. Dafür gab es Lesezeichen. Oft war ja ein Lesefaden schon vom Buchhersteller eingearbeitet worden.

Die meisten der ersten Buchtitel waren verlegt worden im Aufbau-, Volk-und-Wissen-, Kinderbuchverlag und im Verlag Lucie Groszer, Berlin.

Später kamen auch die kleinen Harteinband-Bändchen der Jugendbücherei Knabe, Weimar, hinzu. Eine immer gut illustrierte, gern ausgeliehene Reihe. Ausleihe war von 18 bis 19 Uhr. Jeder konnte, wenn ihm unklar war, was er wollte, anlesen, schmökern. Natürlich gab es "Renner" unter den Büchern, so zum Beispiel die Bücher der Lisa Tetzner, Indianer-Geschichten, russische Mädchen-Bücher, Katajews "Es blinkt ein einsam Segel" und Bücher von Ludwig Renn.

Einen Karl May besaßen wir nicht, offiziell war er verpönt. Er galt als teils nationalistisch, teils kitschig. Mich wurmte das nicht, ich war an die wilde Indianerromantik der Ostpreußen-Waisen nicht angeschlossen. Deshalb bevorzugte ich Abenteuergeschichten berühmten Entdecker wie Marco Polo, James Cook, Magellan, Krusenstern. Auch der Afrikaforscher Hans Schomburgk war darunter.

Onkel Reinhold bevorzugte historische Romane wie Walter Scotts "Ivanhoe" oder B. Traven. Aber mehr, vermute ich, musste er wohl Stalin, Marx und Engels und sowjetische Pädagogik lesen. Für die Weiterbildung. Ein Muss, das in die späten Abendstunden fiel.

Das erste Jahr in der Käthe-Kollwitz-Schule

Als mein Bruder an der Dom- und Ratsschule in die 12. Klasse kam, begann für Rolf-Reinhart und mich der Weg in die sogenannte "Käko", wie der Volksmund sie nannte. Manche sagten auch "Penne", und wieder andere orakelnd "MAS". Dann warteten sie genüsslich auf den Moment der Verwirrung und auf die Frage:" Was heißt MAS?" Dem folgt die flotte Antwort: "Mädchen-Ausleih-Station."

Igitt! Diese Angeber, diese Aufschneider!

Nein, es lief alles normal. Wir gingen in eine B-Klasse mit überwiegend naturwissenschaftlichem Unterricht und den Fremdsprachen Russisch und Latein. Die meisten hätten Englisch lieber auf dem Stundenplan (bis einschließlich Sonnabend) gesehen, aber das gab's hier nicht. Dann hätte man in die A-Klasse wechseln und vielleicht auch noch Griechisch in Kauf nehmen müssen.

Unsere Mathematiklehrerin Frau Schumann leitete die Klasse und bemühte sich redlich, die etwa zehn, zwölf

Fahrschüler aus dem Landkreis und den übergroßen Teil der Städter miteinander anzufreunden. Die Mathematik bereitete selten größere Schwierigkeiten, es ging hauptsächlich um Funktionen mit zwei Unbekannten und deren grafische Darstellung.

Als absolutes As erwies sich Dietmar Klaffert, er stand immer auf Eins. Frau Schumann gab auch noch Sport. Der Physikunterricht bei Herrn Haupt war leider langweilig und sehr oft unruhig, gestört von einigen, die das alles sehr trocken empfanden. Auch ich, aber ich störte nicht, aus Prinzip.

Russisch gab's bei Herrn Tobias, der immer, als komme er gerade aus einem Schönheitsstudio, aufs Feinste gekleidet und pomadisiert erschien. Darüber machten sich, auf versteckte Weise, besonders die Mädchen lustig. Sie standen nicht auf den Typ Schönling und Operettenbonvivant.

Sie wussten dabei wohl nicht, dass er des öfteren sehr gefragt war als Russisch-Dolmetscher bei den sowjetischen Offizieren der Kommandantur. Sein Deutsch ließ deutlich einen österreichischen Akzent heraushören, was wiederum sehr interessant erschien.

Herr Tobias beherrschte die seltene Gabe, die versteckten Sticheleien gegen ihn freundlichst zu überhören und zu ignorieren. Außerdem dürfte ihm bewusst gewesen sein, dass die Anti-Haltung einiger Schüler einen politischen Hintergrund als Ursache hatte. Daran beteiligten Rolf-Reinhart und ich uns nicht.

Den Deutschunterricht erteilte Fräulein Kaiser. Sehr jung, wahrscheinlich gerade von der Universität gekommen. Die Lektüre, die der Lehrplan vorsah, schien uns sehr ideologiebetont. Wir behandelten das Gegenwartsstück eines Tschechen, "Brigade Karhan", das gerade über einige DDR-Bühnen ging, "Die Sonnenbrucks" des polnischen Dramatikers Leon Kruczkowski, den Roman des mit übermäßigem öffentlichem Lob versehenen sowjetischen Autors Ashajew "Fern von Moskau", Schillers

"Kabale und Liebe", Kubas "Gedicht vom Menschen", Brechts "Erziehung der Hirse", Ostrowskis "Wie der Stahl gehärtet wurde".

Auch Goethe und Gorki standen im Lehrplan. Die Mischung war international. Fräulein Kaiser lehnte meist an der Heizung unter den hohen Fenstern und gab sich gelassen, nicht gerade begeisternd. Ich hatte manchmal den Verdacht, als fühle sie sich nicht recht wohl in ihrer Haut als Lehrerin. Vielleicht lag es daran, dass ihr und uns zuviel an klaren politischen Positionen abverlangt wurde, wo sie selbst mit sich rang, noch nicht im Reinen war. Ein Zwiespalt, in dem sie sich gewiss nicht allein befand.

Geschichte gab der Geographielehrer, ein sehr sportlicher Typ. Sein Name ist mir entfallen. Sehr angenehm fiel seine straffe Systematik auf, die immer darauf bedacht war, am Schluss einer neuen Erarbeitung eine klare Zusammenfassung des Grundwissens zu formulieren.

Biologie vermittelte Fräulein Tautz, die durch geringe Körperhöhe und kleine Schritte auffiel. Sie wurde von allen sehr gemocht. In der Neunten durchstreifte sie nahezu sämtliche Wissensgebiete der Botanik. Ihr Steckenpferd: die lateinischen Fachbezeichnungen.

Pflanzen der einheimischen Flora bestimmen, beschreiben, pressen, auf A4-Blätter fachgerecht aufkleben und mit Beschriftung zu versehen, das schien ihr besonderes Hobby zu sein, das sie uns mit Erfolg schmackhaft zu machen verstand. Es gab darauf Noten. Grundlage für die manchmal schwierigen Bestimmungen war "der Rothmaler". Werner Rothmaler. Ein damaliges Standardwerk wissenschaftlicher Dokumentation.

Fräulein Tautz gab für die, die es wollten, nachmittags eine Doppelstunde Stenographie-Unterricht. Steno auf der Grundlage der sogenannten Deutschen Einheits-Kurzschrift von 1936. Die Stunde kostete 50 Pfennig. Selbstverständlich meldete ich mich an, denn so etwas konnte ja später für Vorlesungen sehr nützlich sein.

Für die erste Geschwindigkeitsstufe (bis 100 Silben pro Minute) stellte Fräulein Tautz am Ende des Schuljahres eine Teilnahmebestätigung mit Prädikat aus.

Rolf-Reinhart dagegen nutzte seine Freizeit für ein sportliches Lauftraining im Stadion oder im Wald, und dann nötigten ihm die Klavierstunden bei Frau Rennebaum mehrmaliges Üben in der Woche ab. Langeweile kannten wir nicht. Überhaupt boten alle Schulen, gleich welche, in den ersten 50er Jahren unheimlich viele außerunterrichtliche Betätigungen.

So erscheint es nahezu logisch, dass man mich unbedingt auch im Schülerorchester haben wollte, sobald man erfahren hatte, dass ich seit zwei Jahren Violinunterricht bekam. Also rein ins Orchester! Bachs "Bauernkantate". Warum nicht?

Zum Segen dieser Umbruchszeit gehört, dass es, Gott sei Dank, noch nicht den allgemeinen Freizeitfresser Fernsehen gab.

Ach, die Gegenwartskunde! - Sie bestand zumeist aus einer Zeitungsschau mit dem zaghaften Versuch einer freien Diskussion. Die Klassenleiterin war zuständig, Frau Schumann. Rein Informationelles, das mich im Innersten nicht berührte. Schnee von vorgestern. Aber die Lehrer versuchten immerhin hier und da, irgendwie ein Verständnis der Schülerinnen und Schüler für- und untereinander herzustellen.

Gemeinsame Wanderungen, Ausflüge, Weihnachtsfeier, Fasching... Was denn sollte die Freie Deutsche Jugend, in die wir natürlich eintraten, in der Schule sonst tun? Nur zusätzliche Studien aufbürden, um eines Tages das geforderte Abzeichen "Für gutes Wissen" zu erhalten? Damit man größere Chancen hatte, später eine gute politische Beurteilung zu erhalten?

Frau Schumann äußerte da in der Neunten eine prima Idee: Jeder solle sich ein persönliches Geschenk ausdenken, anfertigen und einwickeln und mit einer Nummer versehen, die man dann aus einem Lostopf ziehen könne. O du fröhliche, o du selige...

Die adventliche Runde im Klassenzimmer mit Tannenzweigen und Adventslichtern ließ sich gut an. Den Höhepunkt bildete das Auspacken der Geschenke. Die Überraschungen fielen unterschiedlich aus. Ich will sie nicht aufzählen, zumal sie völlig normale Nettigkeiten waren. Aber was wickelte ich aus? Was war mir von einem Unbekannten zugedacht? Ein aus Lehm und Sand "ästhetisch" höchst perfekt geformter, kreisrund sich in die Höhe windender, geruchloser brauner Haufen der, glänzend lackiert, dem Betrachter entgegenstrahlte.

Mir verschlug es die Sprache, so dass ich das "Geschenk" gleich wieder einwickelte. Das musste ja nicht jeder sehen. Ich kannte den Schenker, schenke es mir aber, den Namen zu nennen. Offenbar verspürte er das Bedürfnis, seine Antipathie irgendwie versteckt zu bekunden.

Ein Original seltener Art in seiner ganzen Unterrichtsmethodik war Dr. Louis Wille. Er gab bei uns Latein. Zuvor lehrte er an der DORA am Johannesbrunnen. Herr Wille paukte uns, mitunter recht lustig, verschiedene Muster von Konjugationen regelmäßiger und unregelmäßiger Verben ein, so dass wir sie bald auswendig beherrschten: Amo, amas, amat, amamus, amatis, amant.

Immer wurde geliebt. Auch im Konjunktiv, im Futur und im Imperfekt. Stunde für Stunde, Woche für Woche. Vokabelpaukerei aber war bei Dr. Wille verpönt; bei ihm durfte man das Latein-Wörterbuch benutzen, auch bei Klassenarbeiten jeglicher Art. Für den Doktor kam es ganz entscheidend auf die Beherrschung der Grammatik an. Das zählte. Erst Grammatik bringe in das wirre Denken, in das Chaos des Geistes eine notwendige Ordnung, meinte er.

Und dann hatten wir uns Sprüche großer Meister des Imperium Romanum und berühmte Grabinschriften zu merken. "Sum, quod eris, quod es, ante fui" und "Noli turbare circulos meos!" und "Vare, Vare, redde legiones meas!" ("Varus, Varus, gib mir meine Legionen wieder!" soll Caesar gesagt haben nach der verlorenen Schlacht im Teutoburger Wald). - Und mehrere Dutzend anderer Sprüche.

Dr. Wille, der stadtbekannte Harz-Brauchtums-Spezialist, war lustig und locker. Jedem, der ernsthaft die Absicht hegte, einmal Arzt oder Biologe oder Fremdsprachenlehrer zu werden, wusste, wie ungeheuer wichtig Latein-Beherrschung war für das Verständnis der Termini. Wille übte keinerlei Druck aus, verlangte nicht, dass man seinen Wünschen willfahre, platzierte einfach einleuchtende, überzeugende Argumente. Wer nicht wolle, solle es eben sein lassen. Im späteren Studium werde sich erweisen, wer Recht gehabt habe. Basta.

In anderen Klassen gab Wille auch Deutsch. Erstaunlich, wie viele Doktoren wir an der Käko hatten. Dr. Wille, Dr. Eggeling, der Schuldirektor, Dr. Hohne.

Es war eine Schule im gesellschaftlichen Umbruch. Mit den nächsten Jahren kamen auch neue, jüngere Lehrer, frisch von den Unis.

1953

Frühlingsgefühle

Anfang 1953 beschäftigten wir uns im Musikunterricht mit Werken von Franz Schubert, mit Liedern, Impromptus, Militärmärschen bis zu Sinfonien und dem berühmten "Forellenquintett". Es war ein internationales Schubert-Jahr (125. Todestag des österreichischen Komponisten). Ich fand es gut, dass einem Klassiker der Musik so ausführlich und sensibel auf den Lebens- und Schaffensgrund gegangen wurde.

Wahrscheinlich von oben empfohlen oder angeordnet. Es kam im Februar/März ein Spielfilm über Franz Schubert in die Kinos, ein Film, dessen genauen Titel ich vergessen habe. Doch erinnere ich mich sehr genau, wie stark er mich beeindruckte.

Ein hochbegabter junger Mensch, einsam, grüblerisch, mit den zartesten Gefühlen für das Schöne, erlebt Missverständnis, Ablehnung, Niederlagen, Momente des Glücks und Tage der Verzweiflung. Der Film erzählt ein Künstlerleben.

Plötzlich erscheint eine junge Sängerin, bildschön, die eine neue, beinahe verworfene neue Komposition des jungen Franz Schubert zum Klingen bringt: "Ave Maria". Ein Sopran wie ein Sonnenstrahl. Wärmend bis ins Mark.

Ein Ansturm von Gefühlen erfasst mich plötzlich so, dass ich, unaufhaltsam, Tränen rinnen fühle. Nur gut, dass es um mich herum im "Alhambra" dunkel ist, dass niemand meine Tränen bemerkt. Ich wundere mich selbst, warum ich so erschüttert bin. Was ist mit mir los?

Tage später bin ich stark erkältet, werde krank geschrieben. Es ist mir übel. Ich habe keinen Appetit. Im Krankenbett kann man über so viele Dinge nachdenken. Über Gott und die Welt. Über Sinn und Unsinn des Lebens. Über Gefühle. Über das Schöne.

Ob sie mich liebt? Ob ich mir das nur einbilde? Ja, die schlanke Turnerin Ulla Koller mit dem Bubikopf, vorn in der ersten Bank der mittleren Reihe, die hatte so etwas Magisches an sich, was meine Blicke unwiderstehlich dorthin zog, so dass es bald Rolf-Reinhart neben mir bemerkte und benannte. Woraufhin ich natürlich, wenn er von Liebelei sprach, leugnete.

War es das? Oder befand ich mich in einer Krise? Die neunte Klasse lümmelte sich in der Pubertät, und ich gehörte, mir damals unbewusst, zu den physischen Nachzüglern.

Plötzlich starb der große, weise, pfeiferauchende, immer in die Präsidien von Versammlungen gewählte (obgleich körperlich abwesende) Josef Wissarionowitsch Stalin. Was für eine Katastrophe! Als ginge die Welt unter. Irgend jemand "oben" hatte die Idee, eine öffentliche Trauer-Prozession zu veranstalten, einen Umzug durch die Stadt. Und so geschah es.

Oder habe ich das alles nur geträumt?

An der Spitze des Zuges marschierte ein Orchester, das unentwegt einen Trauermarsch, "Unsterbliche Opfer, ihr sanket dahin", intonierte, nach dessen langsamen, gemessenen Takten Abordnungen von Betrieben, Einrichtungen und Schulen, versehen mit Transparenten und Bildnissen, durch die Innenstadt zogen. Schwer zu sagen, wer da wirklich im Herzen trauerte und wie viele notgedrungen mitliefen.

Ich weiß nicht mehr, was mich bewegte, mich da mitzubewegen, aber es war ja ohnehin Pflicht, ausgelöst durch höheren Ratschluss. Es waren Tausende Halberstädter, die "Väterchen" Stalins gedachten.

Seit jener Zeit grübelte ich immer mal wieder, aus unterschiedlichem Anlass, ob es möglich ist, ein Gefühl von oben her anzuordnen. Oder sind es nur religiöse Rituale, denen man aus Anstand oder Angst Genüge tut? - Beim Trauerzug für Stalin fehlten sicher Tausende.

In den Monaten zuvor und danach wurden an den Oberschulen Mitglieder der evangelischen Jungen Gemeinde scheel angesehen, wenn sie auf Wandtafeln für ihre Arbeit warben oder politisch missliebige Meinungen verbreiteten und womöglich West-Schuhe und West-Klamotten trugen.

Hatte nicht vor kurzem erst der große Josef gesagt, der Klassenkampf zwischen dem imperialistischen und dem sozialistischen Lager verschärfe sich gesetzmäßig? Na bitte! Also entlarven und draufhauen !

Mir war nicht danach, mich an solchen plumpen Konfrontationen zu beteiligen, und Mutti Ruth hütete sich, uns in die eine oder andere Richtung zu drängen. Sie wusste, was auf dem Spiele stand. Sie warnte gelegentlich davor, in agitatorische Zeitungssprache zu verfallen.

Natürlich gab es eine Menge Unmut in den Betrieben über willkürlich überhöhte Arbeitsnormen, das sickerte hier und da durch, aber an einen Aufstand umwälzender Art hatten wohl im März, April und Mai 1953 die allerwenigsten gedacht.

Im Vorjahr, so sickerte durch in die Schulen, ereignete sich im Garten des Hotels "Weißes Ross" etwas Unerhörtes: Abiturienten, die gerade an ihren Abschlussarbeiten saßen, hatten in zeitlichen Nähe zum "Tag des freien Buches" (10. Mai) unter freiem Himmel Lehrbücher verbrannt. Lehrbücher der DDR-Volksbildung.

Es gab daraufhin Verhaftungen, Vernehmungen, Schulverweise und andere zunächst geheim gehaltene Dinge. Natürlich war das ein sehr ernstes Zeichen, das wir Neuntklässler - wie auch andere - nicht billigen konnten. Berechtigte Kritik - ja, aber "nicht auf der Basis der Konterrevolution". Wer Bücher verbrennt, verbrenne am Ende auch Menschen, hieß es.

Unser Schuldirektor Dr. Eggeling vertrat diesen Standpunkt, der viel Akzeptanz fand. Und in solch angespannt politischer Situation gingen wir im Juni 1953 in die Jahresabschlussprüfungen, schriftliche, mündliche. Einige mündliche Prüfungen wurden abgesetzt.

Öffentliche Ansammlungen ab drei Mann waren verboten. Gott sei Dank gab es bald die großen Ferien, acht Wochen lang. Und das verhieß wieder Ferien in Zislow am Plauer See bei Bauer Block.

Wir gehen in die Freie Deutsche Jugend

Es ist verständlich, dass in dieser angespannten Situation 1953 die Freie Deutsche Jugend viele Anstrengungen unternahm, ihren Einfluss auf die jungen Arbeiter, Lehrlinge, Schüler und Studenten zu verstärken. Wer bei den Jungen Pionieren war (bis 14 Jahre), ging meistens im Anschluss in die FDJ.

Aber so automatisch vollzog sich das nicht. Uns sagte man an der "Käko" zu Anfang der 9. Klasse, jeder müsse sich darauf eine gewisse Zeit vorbereiten, zum Beispiel das Statut studieren, darüber nachdenken und mit den Eltern sprechen, ob sie das gutheißen und unterstützen. Oder nicht. Einen Zwang, eintreten zu müssen, habe ich nicht in meiner Klasse beobachten können.

Auch christlich orientierte Mädchen und Jungen durften in die FDJ eintreten. Von diesen entschieden sich einige dafür, einige dagegen. Für uns Kinder vom staatlichen Kinderheim "Anton Semjonowitsch Makarenko" (den Ehrennamen führten wir seit 1952) war dieser Schritt überhaupt kein Problem, sondern selbstverständlich.

Die FDJ wurde von der Schulleitung in jeder Hinsicht

unterstützt. Überall wurde dafür geworben, in einem der außerunterrichtlichen politischen Studienzirkel nach freier Wahl sich das spezielle Wissen anzueignen, das man brauchte, um nach einer Prüfung (dafür gab es besondere Kommissionen) das "Abzeichen für gutes Wissen" in Gold, Silber oder Bronze zu erringen. Ich entschied mich für die Teilnahme am Zirkel Geschichte der deutschen Arbeiterbewegung, und ich betrachtete es als eine Vertiefung des Geschichtsunterrichts.

Es gab auch einen Zirkel "Kurzer Lehrgang der Geschichte der KPdSU(B)". Aber was sollte man damit anfangen, wenn man nicht einmal die eigene deutsche Geschichte ergründet und begriffen hatte?

Die Zirkel trafen sich nachmittags in der Schule.

Es gab auch naturwissenschaftliche Arbeitsgemeinschaften, so mehrere Chemiezirkel, die stark interessierte Schüler besonders fördern wollten. Da ging ich auch rein. Absolute Spitze auf diesem Felde war der Mathematikus Dietmar Klaffert. Unser Klassenprimus. Und dann lockten Sport-Arbeitsgemeinschaften wie zum Beispiel beim Physiklehrer Schulze die Schul-AG Schach. Hier stieg ich in der 10. Klasse ein, weil ich logisches Denken trainieren wollte.

Die Anfänge hatte ich bei meinem Bruder gelernt. Die Schulmannschaft der Käko spielte in der Kreisklasse der Jugend/Schüler des Kreises Halberstadt. Wir analysierten veröffentlichte Schachpartien von Weltmeistern wie Botwinnik, Lasker und Capablanca, lernten die gebräuchlichsten Eröffnungen, lösten in Zeitschriften und Zeitungen gedruckte Schachaufgaben (meist Endphasen), testeten unsere eigenen Stärken in Turnieren.

Nach einem Anlauf von einigen Monaten billigte mir der Schachtrainer, Physiklehrer Schulze, einen (hinteren) Platz in der achtköpfigen Schulmannschaft zu. Am ersten Brett spielte meist Jens Reich, immer schnell und phantastisch kombinierend, einer der späteren "Bürgerrechtler" in den achtziger Jahren der DDR. Mediziner und später Molekularbiologe.

Wir fuhren des öfteren in die Orte, wo Schachwettkämpfe unserer Altersklasse angesetzt worden waren. - Ähnlich, wenn auch leichtathletisch, ging es zu bei Rolf-Reinhart, der für Mittelstrecken-Läufe, speziell für die 1000 Meter, trainierte und Wettkämpfe bestritt.

Die ältesten der Ostpreußenkinder waren entweder schon ganz aus dem Heim heraus oder in eine berufliche Lehrausbildung integriert. Zugleich nahm das Heim immer mal wieder neue Kinder auf.

Für Mutti Ruth erwuchs das Problem, von Zeit zu Zeit neu herauszufinden, welche Ziele sie sich und wir uns für die volkskünstlerische Tätigkeit setzen sollten. Wo liegen unsere Stärken? An welchen Wettbewerben sollten wir uns beteiligen?

Volkstanz, Chor, Rezitation, instrumentale Einzeldarbietungen, Sketsche, das alles verbanden wir in der Vergangenheit zu einem gemischten Programm. Sollte es so bleiben? Und wo musste am stärksten verbessert werden?

Es hieß, die Besten auf allen Gebieten sollten Pfingsten 1954 nach Berlin kommen, zum 2. Deutschlandtreffen der FDJ. Das war doch ein lohnendes Ziel! Natürlich wollten wir dabei sein. Das beflügelte uns. Nichts ist wichtiger als Freude auf etwas kommendes Schönes.

In Halberstadt kannte man uns inzwischen ganz gut. Nun sollte es doch möglich sein, nach Magdeburg delegiert zu werden. Vorausgesetzt, man bot Spitze.

Die Spitze musste, neben Althergebrachtem, auch Neues bieten, zum Beispiel neue Lieder, neue Tänze. Mutti Ruth spürte, wo sie nur konnte, taufrische Kompositionen auf, und nicht wenige davon probierten wir aus. War auch der Text manchmal hausbacken, das störte uns kaum, wichtiger war, dass uns die Melodie gefiel, dass Witz und Schwung innewohnten. Mit großer Begeisterung sangen wir Hanns-Eisler-Lieder nach Texten von Becher. Und das Lied der Eisenbahner. Und und und. Zieht euch warm an!

Nach den Juni-Ereignissen von 1953 trat im kulturellen Leben eine teilweise Entkrampfung ein, die mit dem "Neuen Kurs" der Regierung der DDR zusammenhing. Mehr Selbstbewusstsein, mehr individuelles Suchen und Ausprobieren in Richtung auf Vielfalt waren nun gefordert oder, wo nicht direkt gefordert, so doch möglich.

Allerdings hing auch noch Monate nach dem 17. Juni 1953 am Gerichtsgebäude in der Richard-Wagner-Straße, hinter dem Denkmal des berühmten Eike von Repgow (Verfasser des mittelalterlichen "Sachsenspiegels") die Losung "Keine Freiheit den Feinden der Demokratie!" Weithin lesbar. Sehr groß.

Mich beschäftigten die Begriffe noch lange. Natürlich war ich für Demokratie, absolut. Aber wer war ein Feind? War das an seiner Stirn oder seinen Worten zu erkennen? Und wer legte fest, wer als ein Feind zu gelten hatte? Und warum?

Hatten wir nicht eine Diktatur, die diktierte, wie eine Demokratie zu funktionieren hat? Das alles wirbelte in unseren Köpfen umher, ohne dass die Lehrer uns wirklich befriedigende Antworten zu geben vermochten.

Seht euch, bitte, genau in die Pupillen!

Ab einem gewissen Alter, das betrachtet man später mit einer lächelnden Nachsicht, kommen Jungen und Mädchen in Wechselbäder der Gefühle, mit denen sie nicht oder doch ziemlich schwer umzugehen verstehen. Sie müssen es lernen. Das Verhältnis von Jungen zu Mädchen und umgekehrt wird schwieriger, zumal sie sich, in diesem Falle in einem Heim mit etwa vierzig Kindern, von vielen Augen täglich beäugt fühlen.

Der natürlichen körperlichen Reifung und ihrer Folgen waren sich Mutti Ruth und Onkel Reinhold früh bewusst. Der Volks- und Gesellschaftstanz bot da ein willkommenes Parkett, den angemessenen, kultivierten Umgang miteinander spielerisch kennen zu lernen. Wie man ein Mädchen zum Tanz auffordert, wie man es führt, wie man Distanz hält, ohne steif zu wirken, wie man das Mädchen zum Ausgangsplatz zurückführt - das alles gehört zur Kultur.

Bei der Einstudierung der ersten Tänze, ich glaube die ersten Titel hießen "Hahn im Korbe", "Schüddel de Büx" und "Rheinländer", tanzten Onkel Reinhold oder Mutti Ruth einzelne Bilder oder Bildabschnitte vor und andere "Paare" (die natürlich nach Körpergröße "gepaart" worden waren) versuchten, es nachzuvollziehen. Fast der ganze Speisesaal war dafür freigeräumt.

Für die Tanzeinstudierung bekam jeder seinen festen Partner bzw. seine Partnerin. Mir wurde, zumindest in den ersten Jahren, Berthild Aleith anvertraut. Aber bei vielen Volkstänzen, den Reigen, wechselten die Partner, so dass ich auch gelegentlich mit Evchen Wegener, Gudrun Aleith, Ingrid oder Vera Neubauer oder Barbara Menne (die auch zeitweise meine Märchenprinzessin war) tanzen durfte. Oder sie mit mir. Nun ja, die Mädchen hatten mich meist besser im Griff.

Wir lernten Tänze aus fast allen deutschen Gegenden, hessische, thüringische, altmärkische, niedersächsische, mecklenburgische, fränkische, rheinländische, sorbische. Außer bayerische. Dafür fehlten uns die Lederhosen und wahrscheinlich noch etwas mehr.

"Das ganze Deutschland soll es sein!" - So hieß eine der wichtigsten politischen Losungen jener Jahre. Boogie-Woogie? Igitt! "Ami, go home! Spalt für den Frieden dein Atom!" Nebenbei lernten wir auch die gebräuchlichsten

Gesellschaftstänze wie Walzer, Tango, Foxtrott. Warum Tanzkurse besuchen, wenn wir hier das alles kostenlos lernen konnten?

Volkstanz am Abend, das war für uns eine sehr schöne Sache. Jeder freute sich darauf. Onkel Reinhold, das fand ich lustig, luchste des öfteren aus dem Hintergrund, achtend auf die richtigen Figuren und Abstände zwischen den Paaren, und rief hie und da: "Nicht so angestrengt ernst, lacht euch an, seid fröhlich! Und bitte, seht euch in die Pupillen! Ihr mööögt euch!"

Natürlich hatte er Recht. Tanz ist ja keine bierernste Angelegenheit, keine Exekution. Tanz ist ein körperlicher Ausdruck von Lebensfreude. Sollte es jedenfalls sein. Und Onkel Reinhold agierte immer kurzbehost, als käme er gerade von einer Wandervogeltour.

Gezwungen wurde keiner zum Tanz. Wer nicht in der Tanzgruppe war, ging eben einer anderen Leidenschaft nach, wo Übung vonnöten ist: auf einem Instrument spielen, zeichnen, basteln, nähen, schneidern, schwimmen. In einem Kollektiv aufzuwachsen, das hieß nicht, dass alle alles mitmachen müssen; es hieß Vielfalt, ausprobieren, was einem selbst Spaß macht. Und wenngleich sich mein Denken und Fühlen zunehmend auf das eigene Ich richteten, so sah ich doch auch, wie sich da und dort Eigenheiten und Vorlieben ausprägten.

Was die Tanz-"Paarungen" angeht, so war Rolf-Reinhart Loose der "Hahn im Korbe", wie einer der beliebtesten Tänze hieß. Von allen bewundert. Das bedeutete aber nicht, dass sich Liebelei oder Liebe anspann, im Gegenteil, Nähe und Distanz hielten sich die Waage. Auch bei mir. "Kein Feuer, keine Kohle kann brennen so heiß wie heimliche Liebe, von der niemand nichts weiß." - Das Volkslied benennt's.

Dagegen sind Freundschaften unkomplizierter. Für die meisten Ostpreußen war ich einfach zu jung, um an ihren geheimen Aktionen teilnehmen zu dürfen, bei Fluchten wäre ich einfach nicht schnell genug gewesen. Ich war die Leseratte, der Rezitator von kurzen Gedichten wie "Darum lasst uns alles wagen!" (Karl Marx) und der "Kleine Muck", wenngleich leider ohne Zauberpantoffeln.

In der Umbruchszeit von 1953/54 verließen einige Kluser das Heim im Zusammenhang mit ihrer nun beginnenden Lehrlingsausbildung oder aus anderen Gründen. Die Abteilung Jugendhilfe/Heimerziehung strukturierte wieder einmal um und war fest entschlossen, künftig nur noch Kinder zwischen 10 und 14 Jahren in unser Heim aufnehmen bzw. dort zu belassen.

Mutti Ruth widersetzte sich aber, wo es irgend ging, solch formaler Eingrenzung sehr energisch und entschied nach pädagogischen Erwägungen: Nützt es dem Kind oder eher nicht? Gott sei Dank, Mutti Ruth hatte meist die besseren Argumente.

Und dann kamen natürlich Neue ins Heim: Horst Rogoschinsky, Herbert Recke, dessen Eltern aus politischen Gründen aus dem Westen in die DDR übergesiedelt waren, Klaus Peter Lerche, Dieter und Klaus Preim sowie Dietrich, Gisbert, Herbert und Ingeburg Stoyan.

"Die Stoyans sind hochintelligente Kinder von hochintelligenten Eltern." - So eine Bemerkung von Mutti Ruth, die ich mal aufgeschnappt hatte. Zunächst kamen nur Dietrich und Gisbert, weil Herbert und Ingeburg noch nicht zehn Jahre waren. Dietrich, der älteste, schien mir der allerlebhafteste, denn er hatte oft Mühe, mit dem nicht immer deutlich artikulierten Sprechen seinen jagenden Gedanken hinterherzukommen. So wurde er zu mäßigerem Tempo angehalten. Aber seine Bemerkungen waren witzig. Gisbert hinterließ den Eindruck merkwürdiger Langsamkeit, aber wahrscheinlich war es ihm gegeben, sprachlich bewusst auszusortieren, ehe er sprach. Ingeburg fiel mir durch ihre schönen Rapunzel-Zöpfe auf, die sahen aus wie in dem berühmten Märchen von dem einsamen Mädchen, das in einem hohen Turm eingeschlossen war. Diese Zöpfe im Märchen reichten hinunter bis zu ihrem Liebhaber. Bruder Herbert Stoyan dürfte damals etwa zehn Jahre alt gewesen sein. Er fand großen Spaß am Singen. Singen bildet. Und Herbert hatte eine kräftige, gute Stimme.

Nicht im Chor war Heinz Weigel, weil er einerseits sich schon im Stimmbruch befand und andererseits durch die Lehrlingsausbildung "ausgelastet" war. Außerdem trieb er Ball- und Wassersport, und das nicht zu knapp. "Nacki", so sein Spitzname, bewunderten wir ob seiner Muskeln. Ein absolut athletischer Typ.

Ich sang noch mit fünfzehn im Sopran, und keiner hätte mich für einen Oberschüler gehalten, wenn er nach meinem Alter gefragt worden wäre.

Bei den Mädchen kamen in jener Zeit neu in das Heim u.a. Inge Karl, Renate Hübner, Renate Schreiber, Erika Bielich, Brigitte Böhme und Ursula Losansky. Etwa 20 bis 23 Stimmen bildeten den Chor, mehr Mädchen als Jungen. Unser Ziel 1953/54: Wir wollen bis nach Magdeburg kommen! Das schafften wir dann auch.

Der Kreis Halberstadt delegierte uns in den Bezirksausscheid nach Magdeburg. Am 2. Deutschlandtreffen der FDJ, Pfingsten 1954 in Berlin, nahmen wir aber außerhalb der offiziellen Wertung teil, weil, wie es hieß, unsere Gruppe für die Kategorie "Gemischte Ensembles" zu klein war. Na, uns bedrückte das nicht, Hauptsache wir durften dabei sein.

Merkwürdig, dass meine Eindrücke von diesem Treffen so verblasst sind. Es war wohl, glaube ich, schon zu vieles in den Abläufen durchorganisiert. Ich weiß aber noch sehr genau, dass wir auf der Haupttribüne Wilhelm Pieck und Otto Grotewohl gesehen haben.

Auftrittsmäßig fühlte ich mich wie ein Zwitter - in Pionierkleidung, obgleich ich längst FDJler war.

1954

Mein erster Ferienhelfer-Einsatz

Mutti Ruth und Onkel Reinhold waren der Meinung, dass sich inzwischen Sechzehnjährige wie Rolf-Reinhart und ich von den Jungen Pionieren "abnabeln", das heißt, etwas mehr Verantwortung übernehmen sollten. Es stimmte überein mit den Bestrebungen der FDJ an den Schulen, älteren Oberschülern vor den großen Ferien anzutragen, in örtlichen Ferienspielen der Grundschulen bei der Feriengestaltung zu helfen.

Ich meldete mich an und bekam rechtzeitig zu einem der Durchgänge (drei gab es in den Ferien zu je 14 Tagen Dauer) eine Schule zugewiesen, wo sich die meist jüngeren Schüler jeden Morgen 9 Uhr trafen. Treff für mich war eine Schule im Ortsteil Wehrstedt.

Große Lust verspürte ich eigentlich nicht, denn die jungen "Kluser" sollten an einem neuen Ferienort zwischen Plauer See und Müritz im wunderschönen Mecklenburg sich austoben dürfen - und ich nicht. Andererseits betraf es ja auch Rolf-Reinhart und andere Gleichaltrige der "Käko".

Ich war skeptisch, fügte mich aber, nahm an Planungen teil, was man alles unternehmen könnte, wurde in den Aufsichtspflichten unterrichtet, führte Teilnehmerlisten, förderte die Freizeit-Wünsche der Mädchen und Jungen meiner Gruppe zutage und ersann auf der Karte Wander-Routen. Quer durch und rings um Halberstadt. Natürlich war auch Badespaß im Programm.

Glücklicherweise stand der Wunsch nach Baden ziemlich obenauf, denn der Sommer verdiente seinen Namen. Die Teilnahmegebühr betrug für einen Durchgang je

Schüler eine (!) Mark. Mehr ein symbolischer Beitrag. Den Rest trug der Staat.

Der Einschnitt in die bisher erlebten Feriengewohnheiten ließ mich über manche Dinge tiefer nachdenken, über die ich sonst vielleicht nicht nachgedacht hätte. War es richtig, Freizeit zu "opfern" für andere? Was passiert mir, wenn jetzt ein blöder Unfall passiert, und ich bin der Verantwortliche? Was kostet das alles den Staat, diese örtlichen Ferienspiele? Oder machst du das nur deshalb mit, weil es hie und da hieß, meist von Lehrer(innen)-Seite, dein Einsatz für das Gesellschaftliche bringt auf jeden Fall Pluspunkte für die künftige Beurteilung auf dem Zeugnis? Und eines Tages willst du dich doch für einen Studienplatz bewerben, oder nicht? Siehste!

Nein, es war freiwillig. Immerhin, mein Bruder hatte inzwischen in Potsdam ein Lehrerstudium aufgenommen: Fach Geschichte. Ich hingegen wusste 1954 noch überhaupt nicht, was ich machen sollte, wenn es so weit sein würde, über meine berufliche Laufbahn zu entscheiden.

Ein Gefühl quälender Zerrissenheit, kein Kind mehr, aber auch noch nicht erwachsen zu sein. Heute so, morgen so. Das konnten uns Mutti Ruth und Onkel Reinhold nicht abnehmen, uns über uns selbst klar zu werden, herauszufinden, wohin der persönliche "Weg ins Leben" führen sollte. Pädagogisches Loslassen aus der Hand ist auch eine Kunst, eine der schwierigsten.

O Gott, was wusste Mutti Ruth denn von meiner Sehnsucht, nun gut, meiner platonischer Liebe zu Ursula "Uschi" Koller? Nichts! Wie ihr Körper turnte mit einer grazilen Leichtigkeit und Anmut, die in meinen Augen vollkommem und wie süße Musik waren?

Und doch verstand sie, wie bei ihrem ältesten Sohn Rolf-Reinhart, dass solche Geheimnisse einen gütigen Schutzraum brauchen, zu blühen und zu vergehen. - Es gab mit Ulla nie eine körperliche Berührung. Nur Blicke wechselten hin und her, und Reinhard, mein Banknachbar, machte manchmal dazu eine freche Bemerkung.

Als das nichts fruchtete, sollte es auf einmal Helga Sieber sein, deren Vater Zahnarzt war und am Spiegelsbergenweg seine Praxis hatte. Es blieb aber bei der Neckerei.

Ferienspiele 1954 und der Ernst des Lebens. Natürlich gab es mehr als die 14 Tage der Betreuung. Ich unternahm Radtouren mit dem von meinem Bruder geschenkten Drahtesel, besuchte meine leibliche Mutter, die inzwischen einen neuen Lebenspartner gefunden hatte, der mir gar nicht behagte, half den Garten des Kinderheimes zu pflegen und las, was mir an neuen Anschaffungen für die Heimbibliothek unter die Finger kam.

Hörte dann von den schönen Erlebnissen derer, die in den Genuss Mecklenburger Ferientage gekommen waren. Alle, hörte ich, waren begeistert.

Neue Lehrer an der "Käko" und das Abi in Sicht

Nun ging's in die zweite Halbzeit auf dem Wege zum Abitur. Neue Lehrer kamen an die "Käko", neue Stundenpläne, neue Methoden, neue Probleme. Fast jeder fand es angebracht, uns immer wieder einzuschärfen, dass die 11. Klasse ganz entscheidend sei: Die Abschlussnoten am Ende der Elften seien von allergrößtem Gewicht für den Ausgang der später einzureichenden Studienbewerbungen an Universitäten und Hochschulen. Also ran, ran, ran!

Das leuchtete ein. Zunächst galt es, sich an neue Lehrer zu gewöhnen, jeder hatte ja seine speziellen Vorlieben und Methoden. Klassenleiter der 11b wurde für kurze Zeit Herr Henning Wesarg, ein älterer Bruder unseres Klassenkameraden Ernst-Dieter Wesarg.

Herr Wesarg gab Biologie. Mir und auch den anderen Schülern gefiel seine klare, präzise und ruhige Art, die Sachverhalte darzulegen und zum Denken anzuregen. Es gab bei ihm nie laute Töne, fast immer hatte er ein verschmitztes Lächeln parat, das half, das Denken anzustrengen.

Er verstand auch Spaß. Das Thema des ganzen Schuljahres hieß "Der Mensch". Herrn Wesarg fanden einfach alle sympathisch. Die Schüler aus dem Landkreis Halberstadt, die Fahrschüler, wussten, dass er aus einer alten Lehrer-"Dynastie" stammte, die sich Verdienste um die seriöse wie liebevolle heimatgeschichtliche Forschung des Landstrichs zwischen Harz und Huy erworben hatte.

Henning Wesarg vertrat einen klaren politischen Standpunkt, um den er sich nicht herumwand. So erklärte er, hier und heute hänge es nicht vom Geldbeutel der Eltern ab, ob ein Kind studieren kann.

Herr Hesse gab Mathematik. Mit Schwung und Begeisterung. Besonders gefiel mir, dass er sich immer wieder penibel der Mühe unterzog, die Formeln zu entwickeln und uns zu erläutern, wie und weshalb man diese Formel oder jene Gleichung herausgefunden hat - also ihre theoretische Ableitung. Nicht nur das Üben sei wichtig, sondern auch zu wissen, warum Mathematiker auf bestimmte Lösungen gekommen sind.

Wenn bewusst gestört wurde, rastete er manchmal aus und wurde laut und puterrot. Dann besann er sich und verfiel urplötzlich in Heiterkeit.

Herr Hesse war der (körperlich) Größte und Mathe für die Mädchen ein Angstfach. Integralrechnung und sphärische Trigonometrie. Schwer, da auf eine Eins zu kommen. Dietmar Klaffert schaffte es. Unser Primus.

Ich wollte damals noch Meteorologie studieren oder Atomphysik oder so was. Doch ob's dazu reichen würde, mit einer Zwei in Mathe? Wohl kaum.

Herr Fricke, frisch von der Uni Halle/Saale gekommen, unterrichtete Chemie und übernahm gegen Ende der elften Klasse die Klassenleitergeschäfte. Er brachte die neuesten wissenschaftlichen Erkenntnisse, zum Beispiel die Theorie der Entstehung des Lebens auf der Erde nach der Hypothese des sowjetischen Wissenschaftlers Prof. Oparin, in den Unterricht, verstand es, uns Strukturen der Materie verständlich darzustellen, und ihm gelang es, das Fach spannend zu gestalten.

Herr Fricke leitete auch einen außerunterrichtlichen Chemiezirkel. Das Fach Chemie erfuhr insgesamt im Lande großen Aufwind, da ja seit Jahrzehnten im Zentrum Sachsen-Anhalts (Leuna, Merseburg, Bitterfeld, Wolfen) die Chemieindustrie heimisch war. Auf der Basis von Braunkohle und Salzen. Wieder einmal: Das ganze Leben war Chemie!

Für Klassenprimus Dietmar Klaffert stand schon zeitig fest, dass er Chemie studieren wird. Tatsächlich gelang ihm das dann ab 1956 in Jena.

Neuer Deutschlehrer war ab 11. Klasse Herr Weyrich. Nach seinen schwärmerischen Schilderungen der künstlerischen Leistungen von Alexander Moissi und anderen Wiener Schauspielergrößen und seinen detailreichen Kenntnissen vom Werk des Begründers der Psychoanalyse Sigmund Freud musste meines Erachtens aus Österreich oder Böhmen stammen.

Weyrich wirkte fast immer, wenn er in die Klasse kam, ein wenig zerstreut, zerfahren und tief nachdenklich. Ächzend. Immer ging er am Stock, möglicherweise wegen einer Kriegsverletzung, setzte sich dann jedoch hinter oder neben den Lehrertisch.

Er besaß eine sehr gute Kenntnis der Klassiker des 19. Jahrhunderts. Ein Gewinn, dass wir durch ihn höchst intensiv Georg Büchners "Woyzeck" und Schriften Heinrich Heines auf den Grund kamen, wobei Weyrich psychologische Sichten, Ausdeutungen stets wichtig waren. Er liebte es, das Hinter- und Untergründige des menschlichen Lebens aufzuspüren, menschliche Schicksale verstehen zu lehren.

Einmal gab er einen Hausaufsatz, dessen exaktes Thema mir entfallen ist. Aber ich weiss noch, dass es darum ging, seinen ganz persönlichen Lebenssinn zu durchdenken. Bei der Rückgabe der Aufsatzhefte vor der Klasse lobte er mit überdeutlicher Mimik meine Arbeit als "außerordentlich, sehr gut, sehr gut." Eins plus, wenn es das gäbe!

Wahrscheinlich hatte er herausgelesen, dass ich begonnen hatte, philosophische Literatur zu lesen. Nach der Stunde, fast alle waren aus dem Raum, kam er zu mir. "Unter vier Augen: Weißt, eine Formulierung würde ich soooo nicht sagen, weißt, das mit der 'Selbstbefriedigung', eh, das kann missverstanden werden und das ist stilistisch ein Patzerl, weißt. Bitte! Aber sonst: sehr, sehr gut. Ich weiß schon, du meinst geistige Selbstzufriedenheit, das wäre zutreffender, du weißt schon. Also streich das mit der Befriedigung!"

Ich nickte, und er war's zufrieden.

Weyrich galt als ein Original, das in seiner Abwesenheit zuweilen lustig kopiert wurde. Norbert Dill zum Beispiel fand seinen Spaß daran. Oder Dietmar Klaffert.

Dr. Eggeling, Schuldirektor, unterrichtete hin und wieder in Staatsbürgerkunde. Oder Gegenwartskunde, falls der Begriff noch nicht auf dem Zeugnis installiert worden war. Eggeling hatte es nicht leicht mit uns, fühlte ich. Denn er musste nun mal, selbst Stadtverordneter, die sozialistische Schulpolitik vertreten, obgleich die Ansichten der Pädagogen darüber auseinandergingen. Man experimentierte damals in verschiedene Richtungen. So konnte sich die gerade erst etablierte "Mittelschule" als ein Zwischending zwischen Grundschule und Berufs- oder Fachschule nur kurz entfalten.

Hauptthema aller politischen Diskussionen war nach dem spektakulären Sieg der Vietnamesen über die Franzosen bei Dien Bien Phu (1954) die Frage, wie man doch noch per internationalem Friedensvertrag zu einer Wiedervereinigung der beiden deutschen Staaten kommen könnte. Leider haben die westlichen Staaten der Antihitlerkoalition und die Bundesrepublik Deutschland damals alle Vorschläge und Angebote des Ostens, die zu einer entspannenden Annäherung geführt hätten, abgelehnt.

Zu Gast in Schloss Niederschönhausen

Im Herbst 1954 überraschte uns Mutti Ruth mit der Nachricht, wir seien für kurz vor Weihnachten in den Amtssitz von Präsident Wilhelm Pieck eingeladen, eine Weihnachtsfeier kulturell zu gestalten. Zu "umrahmen", wie es damals meist hieß.

Es sei eine freundliche Geste des Ausgleichs dafür, dass wir zu Pfingsten beim 2. Deutschlandtreffen der FDJ an den kulturellen Wettbewerben nicht teilnehmen durften. Wir hatten nicht in die festgelegten "Kategorien" gepasst, aber man gestattete uns außerhalb der Wertung kleine Auftritte. Und wir fielen damals bei Hans Sandig und Hans Naumilkat, bekannten Komponisten und Chorleitern, sehr angenehm auf.

Also wieder nach Berlin. Im Bus. Gewünscht wurde ein reines weihnachtliches Programm, keine politische Agitation. Denn schließlich sollten die Kinder der Angestellten des Amtssitzes und deren Eltern ihre ungetrübte Freude haben. Daran hielt sich Mutti Ruth (wie wir später erfuhren, wollten Vorgesetzte der übergeordneten Ebene des Kreises politische Lieder mit eingebaut wissen).

Übernachten durften wir in der Pionierrepublik "Wilhelm Pieck" am Werbellinsee.

Bei der Stellprobe im Schloss Niederschönhausen ereilte uns plötzlich eine böse Überraschung: Rüdiger hatte seine Geige vergessen. Im Bus liegen gelassen? In der Unterkunft? "Spatz" Erich erbot sich, sofort das Fehlende zu organisieren und schaffte es tatsächlich in der Zeit bis zum Auftritt. Großes Aufatmen, dickes Lob für Spatz. Er hatte wieder einmal bewiesen, dass er findig und beherzt handeln konnte, ja, dass auf ihn durchaus Verlass war, wenn man ihm vertraute.

Nachmittags erfüllten Tannenduft und Kerzenschein einen großen Saal im Amtssitz. Der Saal befand sich in einem neueren Seitengebäude vom Schloss-Areal. Wie ein langes Riesenviereck standen weihnachtlich gedeckte Tische.

Präsident Wilhelm Pieck, damals 78 Jahre alt, saß an einem der langen Seitenflügel, weißhaarig, mit erwartungsvollem Blick. Und wir auf der Bühne verbanden ein geschickt kombiniertes vorweihnachtliches Spiel mit Gesang und Rezitation. Natürlich fehlten Eichendorff und Storm nicht und neuere Lieder zur Weihnachtszeit. Mutti Ruth sprach, wo nötig, verbindende Worte.

Rolf-Reinhart, in weißem Hemd und tiefblauer Pionierhose sowie mit Pionierhalstuch, dezent die Stimmgabel zückend vor dem Einsatz, dirigierte uns. Eine Stunde voll spannungsgeladener Harmonie erfüllte den Raum. Sie ließ uns ahnen, das hier werden wir niemals im Leben vergessen.

Beifall rauschte uns entgegen. Wilhelm Pieck stand auf, bedankte sich mit zwei, drei Sätzen für die gelungene Einstimmung und lud uns ein, an der Kaffeetafel Platz zu nehmen. Rolf-Reinhart wurde gebeten, ein kleines Geschenk des Präsidenten für das Kinderheim in Empfang zu nehmen, und so ging er auf ihn zu, reichte ihm dankend die Hand und übernahm ein Tonbandgerät für den Chor, das Heim und dessen künstlerische Arbeit. Ein Filmdokumentarist der DEFA nahm die Weihnachtsfeier als Ganzes auf.

Nichts für die Presse. Denn eine solche Feier galt als intern, wenngleich der Chef des Protokolls natürlich "zugegen" war.

An einem anderen Tag durften wir in das höchste Stockwerk des gerade erst vor Wochen übergebenen Hochhauses an der Weberwiese, das Haus des Kindes, fahren und mit Hans-Otto Rieck, einem Autor des dort beheimateten Puppentheaters, Bekanntschaft schließen.

Er las aus einem neuen Buch und erklärte uns, welche künstlerische Arbeit hier künftig zu erwarten sei. Rieck war Puppenspieler, Regisseur und Autor in einem.

Aus den Fenstern des Hochhaus-Cafe's konnten wir einen Blick werfen auf die damals neuesten Wohnblöcke der Stalinallee, die erst in den Anfängen steckte und später umbenannt wurde in Karl-Marx-Allee.

Weiß Gott, wer den Einfall hatte und das Ganze noch organisierte, aber an einem der Nachmittage hielt unser Bus plötzlich Unter den Linden vor dem Botschaftsgebäude der UdSSR und wir durften in das imposante Gebäude mit dem Sowjetstern eintreten - als Gäste. Wir verharrten, uns ehrfurchtsvoll umblickend, in der hohen Eingangshalle. Dann, nach einer kleinen Verständigung, sangen wir zwei, drei Lieder aus unserem Repertoire, ich glaube, russische. Aber mit deutschem Text. "Herrlicher Baikal", "Stand ein Birkenbaum am grünen Haine"; "Auf der Kasanka".

Es hallte ungewöhnlich in der Halle. Das störte uns nicht. Ein Botschaftsmitarbeiter erzählte uns etwas über die Geschichte dieses Hauses, das schon in der Weimarer Republik als sowjetisches Botschaftsgebäude gedient hatte. Und wozu es nunmehr diente. Ein kleiner Rundgang in der Vorhalle schloss sich an. Die Zeit war knapp.

"Doswidanija! Drushba! Freundschaft!" Und zurück gings nach Halberstadt - "Chalberstadt".

Irgendwann müssen Rolf-Reinhart und ich den Besuch beim Präsidenten Pieck in der Klasse erwähnt haben (oder hatte zuvor Mutti Ruth die Fehltage fürsorglich entschuldigt?). Jedenfalls stand am Schuljahresabschluss im Raum "Bemerkungen" vom Klassenlehrer eingetragen, wir hätten beim Präsidenten Wilhelm Pieck kulturell auftreten dürfen.

Dass wir ein halbes Dutzend mal in Halberstadt vor Weihnachten auch in Betrieben und Alters- und Pflegeheimen sangen und musizierten, das interessierte wohl weniger. Nun ja, es konnte für künftige Bewerbungen nützlich sein.

Das Foto, auf dem Präsident Wilhelm Pieck Rolf-Reinhart Loose mit Händedruck das Geschenk überreicht, hing, vergrößert, viele Jahre im Kinderheim an der Aufgangstreppe zur oberen Diele.

1955

Dass ich erkenne, was die Welt ...

Mit 16, 17 Jahren denkt mancher ein paar Schichten tiefer nach, was er selber ist und soll in diesem riesigen Weltgetriebe. Bin ich ein Staubkörnchen im All, dahintreibend im Sturm der Zeit? Gibt es überhaupt einen Lebens-Sinn? Wenn ja, welchen?

Zufällig entdeckte ich eines Tages bei Oma Zimmermann, als mein Bruder Heinz wieder mal vom Studium in Potsdam für ein Wochenende heimgekehrt war, einige kleine Broschüren. Heinz meinte, er könnte sie mir ja mal ausleihen, vielleicht verstehe ich es schon, hier oder da geistigen Gewinn zu ziehen.

Das reizte mich. Es waren Plechanows "Die Rolle der Persönlichkeit in der Geschichte" und Engels' "Der Anteil der Arbeit an der Menschwerdung des Affen". Je mehr ich mich da hineinlas, um so mehr faszinierte mich die strenge Logik materialistischer Geschichtsauffassung. Und wenn ich etwas nicht verstand, nahm ich erneut Anlauf, es zu begreifen.

Mein Ehrgeiz trieb mich, über den Rand des Schullehrbuch-Horizonts hinauszudenken. Denen zeig ich's. Zur gleichen Zeit kaufte ich mir am Kiosk vom Taschengeld regelmäßig die monatlichen Nummer der Zeitschrift "Wissenschaft und Fortschritt". Nicht teuer, eine Mark fünfzig.

Mitherausgeber und einer der interessantesten Autoren war für mich Prof. Robert Havemann. Da wusste ich noch gar nicht, dass er Kommunist war und bei den Nazis eingekerkert.

Zu Albert Einstein, dessen Leistung und Leben auch in

der DDR gewürdigt wurden, kamen nach seinem 75. Geburtstag (1954), erste Bücher in den Handel, so eine Biographie aus der Feder eines sowjetischen Physikers und ein Buch von Leopold Infeld - Lektüre, die mich begeisterte.

Die Atomforschung in beiden Weltlagern erlebte in den fünfziger Jahren einen starken Aufschwung. Auch durch den Stockholmer Appell (1951) des Weltfriedensrates zur Ächtung der Atomwaffen. Wenn es nun gelänge, diese Energie friedlich zu nutzen?

In mir rumorte der Wunsch, Physik zu studieren, aber ich wusste, dass man exzellente mathematische Kenntnisse und Fähigkeiten besitzen musste, wenn man sich Chancen für einen Studienplatz ausrechnen wollte. "Spitze" war ich nicht. Ich stand auf Zwei. Solcherart hin und her gerissen, suchte ich Hilfe in Büchern, die Onkel Reinhold für unsere Bibliothek beschafft hatte.

Erinnern kann ich mich noch gut an Bücher von Georg Lukacs über deutsche Realisten des 19. Jahrhunderts, über Thomas Mann, über Goethe; an Engels' "Der deutsche Bauernkrieg" und "Die Dialektik der Natur"; an "Das Manifest der Kommunistischen Partei" und andere Werke.

Stalins Schriften - zumindestens einen Teil davon - hatte Onkel Reinhold in einem Regal seines Büros stehen, um im Rahmen einer seiner Weiterbildungslehrgänge gelegentlich darin zu studieren. Für ihn Pflichtliteratur.

Und erst das Schiller-Jahr 1955 (150. Todestag). "Denn er ist unser!" - Was hatten wir nicht alles an Schiller-Balladen, schon in den mittleren Klassen, auswendig gelernt! Nun besuchten wir natürlich, über den Schülertheaterring, im Bergtheater Thale eine Aufführung des "Wilhelm Tell".

Großartig, beeindruckend, wie Hermann Stövesand aus Dresden als Titelheld und Curt Trepte als Geßler agierten! Die Theater von Halberstadt und Quedlinburg holten sich bei Klassikerinszenierungen aus gutem Grund namhafte Schauspieler von größeren DDR-Bühnen.

Dann sollte ein Höhepunkt gesetzt werden: eine Exkursion in die Klassikerstadt Weimar. Sehr gut passte dazu, dass im Mai Thomas Mann dort eine bewundernde Rede auf Friedrich Schiller gehalten hatte. Sie stand in allen Zeitungen.

Eine Vertretungslehrerin in Deutsch, eine alte Dame über die 70 hinaus, vertiefte in unnachahmlicher Weise, nahezu schwärmerisch, unsere etwas angestaubten, halbversunkenen biographischen Kenntnisse über den Dichter und folgte behutsam dem Gedankenbogen Thomas Manns, beides gewissermaßen verbandelnd.

Ein Glücksumstand, dass damals Herr Weyrich erkrankt war und Dr. Eggeling auf solch eine Kapazität zurückgreifen konnte. - Man verzeihe mir, dass mir der Name der alten klassischen Dame entfallen ist.

Die Thomas-Mann-Rede stellte sich als unsere beste Weimar-Vorbereitung heraus.

Unsere 11b fuhr Ende Mai - bei Zwischenaufenthalten in - Naumburg (Naumburger Dom!) und Jena (Planetariumsbesuch) - nach Weimar. In der unteren Humboldtstraße bezogen wir Quartier, hier gab es eine schlichte, gut ausgestattete Jugendherberge.

Eine Stadtführung mit der jungen Frau Gisela Hemmann machte uns mit den wichtigsten Baulichkeiten und der Historie im Stadtzentrum bekannt. In einige der Museen investierten wir natürlich mehr Zeit: Schillerhaus, Goethehaus, Liszthaus, Herderkirche, Wittumspalais, Tiefurter Schlößchen. Abends ging's ins Theater: Faust I, und wer wollte, konnte an den anderen Tagen abends sein Zusatzprogramm selbst gestalten, falls er noch eine freie Karte an der Abendkasse bekam.

Ich hatte Glück mit "Tiefland" von d'Albert und "Ero der Schelm" von Gotovac, beides Opern. Vom dritten Rang herab hatte man einen sehr guten Draufblick, und das für zwei oder drei Mark - ein Stehplatz. Damals hatte ich eine Vorliebe für Opern.

Natürlich reichten die fünf Tage Weimar nicht. Wir hofften, eines Tages wieder zu kommen.

Die Theaterbegeisterung hatte noch einen anderen Grund. Über den 1953 neu nach Halberstadt verpflichteten Dirigenten Hans Auenmüller, der zeitweilig an der Käthe-Kollwitz-Oberschule Chorverpflichtungen wahrnahm, kamen Rolf-Reinhart und ich in den Theater-Zusatzchor, der für bestimmte Operninszenierungen am Volkstheater gebraucht wurde.

Was lag näher, als 1955 einen Verdischen "Don Carlos" auf die Bühne zu bringen? Also gingen wir in der Elften nachmittags oder abends zur Chorprobe ins Volkstheater. Rolf-Reinhart hatte ja seit 1954 kürzere Wege, vom Spiegelsbergenweg 2.

Die Verkleidung als singende Mönche, die genau abgezirkelte Bühnenwege zu beschreiten hatten, machte uns Spaß, ebenso die angelernte An- und Abschminkerei in der Maske. Wir lernten den ganzen Bühnenbetrieb hinter dem Vorhang kennen, vom Beleuchter und Requisiteur bis zum Inspizienten.

Der "Don Carlos" behauptete sich als "Renner", der in die nächste Spielzeit übernommen wurde. Nach jedem Auftritt gabs eine kleine Gage für uns Chorsänger, bar auf die Hand zwanzig Mark. Eine Aufbesserung des Taschengeldes. Und man durfte für eine andere Inszenierung eine Freikarte beantragen. Doch wir waren ja schon im Schüler- und im Konzertring.

Neben dem Chorgesang wuchs sich das Halberstädter Theaterleben für uns fast zu einer Freizeitwiese aus. Nun stieg Rolf-Reinhart auch noch in die Inszenierung von Lortzings "Zar und Zimmermann" ein. Wahrscheinlich liebäugelte er insgeheim mit einer auf die Musik orientierten beruflichen Laufbahn.

Günstig für mich war, dass der Erzieher-Abenddienst

des Heimes mir erlaubte, noch nach 21 Uhr im Schulaufgabenzimmer oder im großen Saal zu lesen oder Radio zu hören. So lauschte ich Film- und Theaterrezensionen auf verschiedenen Sendern, auch westlichen, Thomas Manns öffentlicher Lesung seines "Tonio Kröger", als er 80 geworden war, und manchem philosophischen Essay.

An anderen Abenden blätterte und "gründelte" ich in dicken Wälzern der Heimbibliothek, da ich über die Neuanschaffungen immer bestens informiert sein wollte. Mitte der fünfziger Jahre erwarben wir mehr und mehr populärwissenschaftliche Literatur, auch Bücher aus "Knabes Jugendbücherei", die in Weimar erschien, Kinderbücher von Ludwig Renn, Victors "Der Mann, der die Welt veränderte", Strittmatters "Tinko" und Bücher von Benno Pludra.

Noch gab es keinen Fernseher im Heim, und das empfand ich als gut. Sogar abends im Bett durfte, wenn nichts Wichtiges entgegenstand, gelesen werden. Bei der Ausleihe bemerkte ich, die Mädchen bildeten die Mehrzahl der Leseratten.

Im Kino stand man Schlange nach Filmen mit Gerard Philipe, dem umgestümen Liebhaber und Haudegen. "Fanfan der Husar" und "Der Graf von Monte Christo" - solche Filme sahen wir uns mehrmals an. Dafür brauchten wir nicht viel Taschengeld zu berappen.

Der Sommerferientage kamen. Wie schon im Vorjahr half ich mit bei den örtlichen Ferienspielen einer Grundschule, doch diesmal fiel ein Wermutstropfen in die Neige der Zeit. Ich würde allein, ohne Rolf-Reinhart, in die Zwölfte zum Abitur gehen. Mutti Ruth und Onkel Reinhold hatten, nach sehr reiflicher Überlegung, beschlossen, Rolf-Reinhart solle, obgleich er vom Klassenleiter normal versetzt worden war, die Elfte wiederholen. Danach habe er bestimmt bessere Chancen, sich in der 12. Klasse für ein Studium zu bewerben.

Ein bisschen fühlte ich mich da mitschuldig; denn ich

hätte ihm in manchen Situationen mehr helfen können. Wenn ich nicht so egoistisch gewesen wäre. Ein Problem meiner pubertären Selbsteinkreisung, die ich zu durchbrechen hatte. Viele Jahre hat mich ein Schuldgefühl Rolf-Reinhart gegenüber nicht verlassen.

1956

Auf der Suche: Was will ich werden?

Im Herbst 1955 wurde es ernst. Keiner von uns in der 12b wusste, ob seine Bewerbung an einer Universität oder Hochschule wirklich Erfolg haben würde. Also riet man uns und den Eltern, sich rechtzeitig alternativ nach einer Übergangslösung umzusehen, zum Beispiel in Form eines praktischen Jahres in einem der Produktionsbetriebe oder in der Verwaltung. Praxis-Erfahrungen seien immer sehr geschätzt.

Fast die Hälfte der Klasse wollte partout Medizin studieren oder Lehrer bzw. Lehrerin werden. Das ging natürlich nicht auf. Mein Wunsch, Meteorologie zu studieren, war etwa so real wie das Ziel, in den nächsten Jahren zum Mars zu fliegen. Für 1956, so hieß es, sei dafür ein einziger Studienplatz in der gesamten DDR frei. Da hätte ich wohl zwölf, dreizehn Einsen vorweisen müssen. Also irreal.

Der Leistungsdruck stieg ungemein, doch andererseits wussten wir auch: Jeder, wirklich jeder in der DDR wird gebraucht! Es gibt in einer sozialistischen Gesellschaft keine überflüssigen Menschen. Und was heute nicht ist, kann ja morgen oder übermorgen werden.

Eine schwierige Aufgabe für Mutti Ruth und Onkel Reinhold, die sich in der Pflicht sahen, jedem einen Weg zu bereiten - nicht nur ins Erwachsenensein, auch ins Berufsleben.

Eines Tages nahm mich Onkel Reinhold mit zu einem Informationsgespräch in der Notenbank in Westendorf. Ein feines Gebäude, wahrscheinlich aus Kaisers Zeiten. Feine Ausstattung, fast geräuschloser Betrieb.

Onkel Reinhold wollte herausfinden, ob ich mich in dieser Umgebung und bei einer Tätigkeit hier wohlfühlen würde. Er ließ sich dieses und jenes erklären von einem Beamten, und ich hörte geduldig zu. Doch mir behagte das Ganze wenig, was ich allerdings nicht auf den Kopf zu herausplauzte. Ich wolle es mir noch ein Weilchen überlegen, wich ich aus.

Dann aber, Tage später, schloss ich den Vorschlag aus. Nur Zahlenkolonnen, Buchhalterei, das war nicht mein Ding. Mich drängte es nach zwölf Jahren Schulbank nach etwas Handfestem, möglichst etwas Praktischem, nach grundsätzlicher Veränderung.

Damals erklärte man in aller Öffentlichkeit, dass es an der Zeit sei, auch in der DDR eigene bewaffnete Streitkräfte aufzubauen, zumal im Westen Deutschlands bereits 1955 die Bundeswehr gegründet worden war.

Damals entstanden - als Vorläufer der Nationalen Volksarmee - Verbände Freiwilliger; und eines Tages betrat zu unserer aller Überraschung Herr Wesarg, unser Biologielehrer, uniformiert den Klassenraum.

Wir möchten doch bitte verstehn, sagte er locker und lächelnd, dass er zeitweilig die Montur gewechselt habe. Bald kehre er zum Unterricht zurück, doch jetzt sei erst einmal der Schutz der Staatsgrenze wichtig, und wer solle denn vorangehen wenn nicht die seines Jahrganges?

"Deutsche Jugend - bestes Streben" und "dass nie eine Mutter mehr ihren Sohn beweint"!

Die Nationalhymne der DDR kannte jeder von uns auswendig, und ich ging nun mit Erwägungen, die im ersten Moment geradezu abwegig erscheinen mussten, sozusagen schwanger, zunächst heimlich, wochenlang: Aus persönlichem Hass auf den Krieg und trotz starker Abneigung gegen alles Militärische - zum Militär gehn?

Onkel Reinhold wäre ganz bestimmt mit mir noch zu anderen Direktoren von Betrieben und Einrichtungen gegangen, zweimal, dreimal, viermal. Doch sagte ich Anfang 1956: "Ich hab's mir überlegt. Ich gehe zur Armee". Onkel Reinhold: "Gut. Wenn sie dich nehmen..."

Ich reichte also gar nicht erst eine Studienbewerbung ein, obgleich es damals Studienfächer bzw. Fakultäten gab, die nicht so gefragt waren wie Metereologie und wo noch viele offene Plätze angeboten wurden.

Ja, ich war des Paukens müde. Ich musste wirklich einmal in die harte Mangel, und in die musste ich mich selbst nehmen. Niemand hat mich damals gezwungen, niemand, in die Nationale Volksarmee einzutreten. Ob das meine Mitschüler verstanden haben, weiß ich nicht. Ich mochte sie nicht danach befragen. Ihre Meinungen hätten mich zudem nicht im geringsten beeinflussen können.

Im Kinderheim behielt ich die Sache für mich, denn es sollte nicht der Eindruck entstehen, ich wolle damit angeben. Angeberei war mir äußerst zuwider. Ich vergrub mich immer mehr in Philosophie, kaufte mir in der anheimelnden Atmosphäre der Buchhandlung Schönherr im Lichtengraben verschiedene kleinere philosophische Schriften von Max Planck wie "Von der Willensfreiheit des Elektrons" und "Wissenschaftliche Selbstbiographie" (Ambrosius Barth Verlag Leipzig).

Keine Flucht war das, eher die Suche nach einer tragfähigen Weltanschauung. Allerdings gerieten dadurch unversehens die kleinen Veränderungen des Heimalltags an den Rand meiner Wahrnehmungen. Zwar sah ich wohl, dass immer mal wieder neue Mädchen und Jungen ins Heim kamen, zugleich ältere für berufliche Ausbildungen in Internate gingen, aber irgendwie löste ich mich innerlich ab. Einmal ist es eben überall der letzte Tag. Und wie soll man dann sich verabschieden? Womit?

Im Juli 1956 ging es wieder einmal zum Molkenhaus oberhalb der Steinernen Renne. Es waren für mich Ferientage "auf Abruf", wie man mir sagte bei der Behörde, die dafür zuständig war, dass ich dem neuen, unbekannten Ort zugeführt würde, wenn das Datum festgelegt worden war.

Gut zehn Tage wunderbarer Harz. Wir badeten in eiskalten Rinnsalen der Renne. Wir wanderten. Wir sammelten Pilze. Wir sangen. Aber alles war anders als vor sechs Jahren. Der Anruf kam. Mein Koffer musste gepackt werden, die Ferientage waren dahin für mich.

"Du kannst uns jederzeit im Kinderheim besuchen und auch dort schlafen, wenn du Urlaub hast", versprach mir Mutti Ruth in die Hand. "Du bist uns als Alt-Kluser immer willkommen."

"Na, klar..."

Noch Jahre danach bedeutete mir die Villa Vor der Klus 1 mein geliebtes Zuhause.

Mein Bruder ging damals ins letzte Jahr seines Lehrerstudiums in Potsdam, meine Schwester Inge bereitete sich an der Arbeiter-und-Bauern-Fakultät der Martin-Luther-Universität in Halle/Saale auf ein Auslandsstudium vor, das sie 1957 für sechs Jahre antrat. In Leningrad.

Man muss aus seinem Leben etwas machen. Wir hatten es ja in der Hand! Das Wichtigste allerdings bestand darin, dass der Frieden in Europa erhalten blieb. Die tiefen Wunden des letzten Krieges waren im Stadtzentrum von Halberstadt immer noch unübersehbar.

Viele Wege führen nach Weimar. Einen davon ging der Journalist und Publizist Walther Victor (1895 - 1971), der mit dem 1949 in Weimar erschienenen “Goethe-Lesebuch” den Grundstein für eine später überaus erfolgreiche Editionsreihe legte.
Werner Voigt, seit 1957 mit Victor befreundet, möchte mit seinem Essay und einigen Briefdokumenten neue Einblicke in die Gefühls- und Gedankenwelt eines leidenschaftlichen Publizisten geben und auf bislang unveröffentlichte Werke hinweisen. Anschaulich und kundig erzählt er aus Victors Leben, von dessen Wirken im kulturellen Alltag der DDR. Ohne Lobhudelei würdigt der Autor die Verdienste Victors und vermittelt zugleich ein lebendiges Bild vom diffizilen zeitpolitischen Hintergrund.

Werner Voigt
Walther Victor - Ein Weg nach Weimar
Frieling - Berlin 1998
96 S. - € 7,50
ISBN 3-8280-0672-8

Weitere Titel der Edition D.B.: (Auswahl)

"Siegen, mein Junge, das können auch Großmäuler und Schweinehunde", sagt der Vater von Sebastian. "Was einer wirklich wert ist, das zeigt er erst als Verlierer. Niederlagen machen den Menschen durchsichtig." Nach einem Verkehrsunfall ist dem Zwölfjährigen ein Teil seines linken Fußes amputiert worden. Wie der körperlich behinderte Junge, trotz allem ein begeisterter Sportler, nun Kränkungen und Hemmnisse überwindet, wie dabei Freundschaft in eine Bewährungsprobe gerät, das wird hier spannend und mit viel Einfühlungsvermögen erzählt.

Wolfgang Held
... auch ohne Gold und Lorbeerkranz
Jugendbuch
Edition D.B. - Erfurt 2003
140 S. - € 10,00
ISBN 3-936662-05-3

Robert Tschöp ist es gelungen, in 15 Skizzen Wesentliches zu seinem Werdegang literarisch zu gestalten. Episoden einer Nachkriegs-Kindheit, Studentenulk mit lächerlich-bedrohlichem Nachspiel, erschütternde wie anrührende Schicksale und Porträts - all das rundet sich zu einem eindrucksvollen Bild ostdeutscher Befindlichkeit zwischen Mauerbau und Wendezeit.

Robert Tschöp
Staatsaktion
Ein Werdegang in Episoden
Edition D.B. - Erfurt 2004
108 S. - € 8,30
ISBN 3-936662-08-8

Weitere Titel der Edition D.B.: (Auswahl)

Mir genügt die Sonne dieser Erde, ihr Brot,
ihre Luft;
mir genügen die Widrigkeiten, der Streit und
die Bosheit, die Hektik vor und nach
der Arbeit, der Lärm,
der Anblick der ersten Veilchen
und das Grün der Ampel.

Ich habe genug an Besitz, an Nachbarschaft,
Schlaflosigkeit, Telefonaten und
langweiligen Sonntagsfeiern;
doch nie reicht mir die Zeit,
wenn du kommst durch den Nebel
der Altstadt,
wenn du meinen Kopf hältst
mit heißen Händen
wie eine Blume,
wenn du dich schwer wie ein Bergschatten
über mich beugst.

Zita Mažeikaitė
Anker Vergangenheit
Gedichte
Edition D.B. - Erfurt 2004
54 S. - € 5,00
ISBN 3-936662-12-6

Mit diesem Buch wird erstmals die Dichtung von Erhard Scherner vorgestellt. Ob im Naturgedicht oder im Spruch für die Liebste, unbeeindruckt von modischen Ritualen offenbart sich der Autor, Zeuge und Chronist eines bewunderten, verfluchten Jahrhunderts.

Erhard Scherner
Entwurf eines Spiegelbilds
Gedichte
Edition D.B. - Erfurt 2004
174 S. - € 10,80
ISBN 3-936662-09-6

Weitere Titel der Edition D.B.: (Auswahl)

Tina, in eine Höhle verschlagen, muss eine Nacht mit angriffslustigen Gespensterfischen verbringen; Steffen, der von Mitschülern Schutzgeld erpresst, wird vor ein Geistergericht zitiert, wo ihn der gefährliche Hund Dracula in Schach hält; Annika soll einem Toten helfen, die ewige Ruhe zu finden, und Karli setzt sich verzweifelt gegen blutsaugerische Skelette zur Wehr. Neun grausel-gruslige Geschichten sind in diesem Band vereinigt. Sie führen auf spannende und oft humorige Weise in Vergangenheit oder Zukunft, in verborgene jenseitige und doch auch wieder sehr nahe abenteuerliche Welten.

Klaus Möckel
Ein Hund mit Namen Dracula
Grusel-Grausel-Geschichten
Edition D.B. - Erfurt 2003
128 S. - € 9,20
ISBN 3-936662-10-X

Am Waldrand nördlich von Neu-Cehheim hausen vier suspekte Gestalten, für die sich die Polizei interessiert - und am Rande eines Städtchens namens Mecka lebt eine erstaunlich unspektakuläre Familie, die gleichfalls Besuch erhält.
So der Auftakt zu zwei Geschichten, die unterschiedlicher kaum denkbar sind und doch verwandt erscheinen; und auch die Reimerei dazwischen ("Fünfmal Vers-Salat") ist programmgemäß sowohl "schrecklich lustig" wie "furchtbar spannend".

Dietmar Beetz
Räuber - Hexe - Monster - Teufel
Geschichten für alt und jung
Edition D.B. - Erfurt 2003
100 S. - € 8,10
ISBN 3-936662-03-7

Bestellungen über:

Buchhandel oder direkt bei Dietmar Beetz
Fax: (03 61) 4 23 28 32
e-Mail: info@beetz-dietmar.de ■ www.beetz-dietmar.de